Prix net : 1 fr.

Ignorance?
Inconscience?
...ou Hypocrisie?

ÉTUDE MÉTHODIQUE

de l' *"Appel des Intellectuels Allemands aux Nations Civilisées"*

avec Documents annexes

par Th. JAULMES

ATTINGER FRÈRES, ÉDITEURS
2, RUE ANTOINE-DUBOIS, PARIS

DÉJA PARU :

Pourquoi nous avons la guerre. Pièces diplomatiques et parlementaires pour servir à l'histoire de la guerre de 1914.

Une brochure.

1 franc.

POUR PARAITRE INCESSAMMENT :

O. RECLUS. — **L'Allemagne en morceaux.** Paix draconnienne.

E. DAUDET. — **L'Ame française et l'Ame allemande.**

Ignorance ?
Inconscience ?
...ou Hypocrisie ?

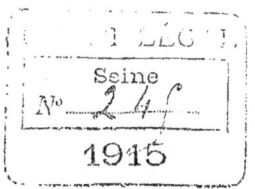

ÉTUDE MÉTHODIQUE

de l' "Appel des Intellectuels Allemands aux Nations Civilisées"

avec Documents annexes

par Th. JAULMES

ATTINGER FRÈRES, ÉDITEURS

2, RUE ANTOINE-DUBOIS, PARIS

SOMMAIRE

IGNORANCE?

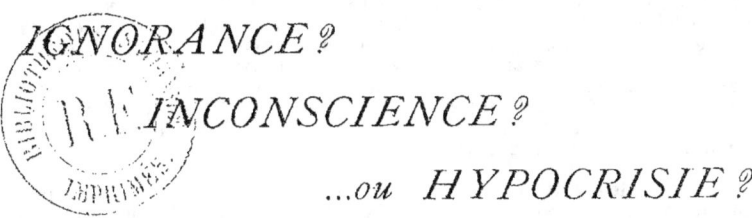

INCONSCIENCE?

...ou HYPOCRISIE?

ETUDE METHODIQUE

DE

l'« Appel des Intellectuels allemands
aux Nations civilisées » [1]

En pleine période de paix, pendant la première semaine du mois d'août, l'Allemagne, cédant à l'on ne sait quelle crise de folie furieuse, est partie en guerre, sans le moindre motif avouable, contre quatre nations européennes à la fois !

Depuis lors, ses hordes ont envahi la Belgique et le nord-est de la France où elles se livrent systématiquement, et par ordre, à tous les excès, à toutes les abominations de la guerre la plus haineuse et la plus sauvage,... en attendant que nos armées alliées, d'une poussée lente mais sûre, les aient définitivement rejetées bien au delà de leurs frontières..

Quelques-uns parmi nous se refusaient à rendre l'Allemagne entière responsable d'une telle démence et de tels forfaits. En dépit des souvenirs de 1870, en dépit de la troublante question d'Alsace-Lorraine, en dépit même des sinistres événements actuels, ils persistaient à vouloir distinguer de l'Allemagne politique et militaire l'Allemagne intelligente, libérale, voire humaine et douce, qu'ils avaient appris à connaître dans ses penseurs, ses poètes et ses artistes, qu'ils avaient cru aussi pouvoir apprécier chez elle et dans ses habitants. Un ouvrage récent (2) contribuait malgré ses indications opposées à les maintenir dans ce sentiment et dans cette opinion. De l'Allemagne guerrière et brutale ils en appelaient en eux-mêmes à l'Allemagne éclairée et pacifique, et, avec une confiance obstinée, ils attendaient la protestation de celle-ci contre celle-là.

---

(1) Nous avons entrepris, après beaucoup d'autres, d'opposer des *faits précis* aux extraordinaires allégations des « intellectuels » d'Allemagne et de tous ceux qui, chez eux, tiennent de mêmes propos. Le *cas psychologique* qu'offre actuellement le peuple allemand tout entier nous a paru mériter une étude particulièrement attentive, tant en lui-même qu'au point de vue du futur et, souhaitons-le, prochain «règlement de comptes».

Nous avons tenu d'ailleurs à joindre à notre étude un choix de « documents » qui puisse être comme le témoignage de la lutte des idées et des principes, en la guerre actuelle, à côté de la lutte, plus tragique hélas ! qui ensanglante les champs de bataille.

(2) Voir la note (*) à la page suivante.

La protestation est venue !

S'adressant « *solennellement* » au « *monde civilisé* », quatre-vingt-trois des représentants les plus illustres « *de la science et de l'art allemands* » — et, parmi eux, les Eucken, les Fœrster, les Haeckel, les Harnack, les Hauptmann, les Rœntgen, les Sudermann, les Wundt, et bien d'autres, — prétendent protester « AU NOM DE LA VÉRITÉ »... non pas contre l'agression et les actes de guerre inqualifiables de leur pays, mais « *contre les mensonges et les calomnies dont les ennemis de l'Allemagne tentent de salir* SA JUSTE ET BONNE CAUSE *dans la terrible lutte* QUI LUI A ÉTÉ IMPOSÉE ! ! » — Et le reste à l'avenant !

Le « monde civilisé », et avec lui les amis *quand même* de l'Allemagne, ont accueilli cet « Appel » avec les sentiments d'une indicible stupeur !

On croit rêver en voyant se succéder du commencement à la fin de cet extraordinaire manifeste les affirmations ou plutôt les négations les plus diamétralement contraires *aux faits* les plus acquis et les plus certains. On se perd en conjectures sur ce que peut bien être l'état d'esprit des illustres signataires de l' « Appel » en question.

Ignorent-ils vraiment tout des événements tels qu'ils se sont passés ? Et sinon, s'ils connaissent comme tout le monde ces événements, auraient-ils réellement la prétention de les nier, et, en renversant les rôles, d'attribuer à leurs adversaires tout ce dont la voix publique mondiale les accuse eux-mêmes directement ?

Se moqueraient-ils du monde — du « monde civilisé » — purement et simplement ?

Les « intellectuels » de chez nous ont répondu déjà de toutes parts, les uns — comme René Millet, Gustave Hervé, Romain Rolland, Gabriel Séailles — en constatant avec douleur la « faillite » de la science et de la conscience allemandes ; les autres — tels Georges Clemenceau, Jean Richepin, Abel Hermant — en stigmatisant dans les termes les plus violents d'indignation et de mépris ce qu'ils appellent un « monument d'infamie »... ou de « niaiserie » humaines !

Nos Académies officielles ont toutes fait entendre de magistrales protestations.

A leur tour les intellectuels d'Angleterre, de Russie, de Suisse, de Hollande — en attendant ceux des autres pays — ont joint leurs protestations à celles de leurs collègues français (1).

Peut-être y a-t-il encore une autre réponse à tenter.

(*) *L'Enigme allemande*, de Georges Bourdon. (Paris, Libr. Plon, 1913.) — L'auteur y rend compte de son enquête très intéressante auprès des représentants les plus caractérisés de l'intellectualité allemande pour essayer de connaître les véritables dispositions de l'Allemagne à l'égard de la France Tour à tour un grand ministre (l'auteur même du « coup » d'Agadir !), des parlementaires, des universi- taires, des grands seigneurs et diplomates, des philosophes, des hommes de lettres, des journalistes, lui ont tenu avec force le même langage : « L'Allemagne est fortement armée pour les besoins de sa défense, mais elle n'est pas belliqueuse et ne demande rien à personne. Elle est en particulier pleine de sympathie pour la France et ne demanderait pas mieux que de s'accorder avec elle, *si celle-ci voulait bien accepter comme définitif le traité de Francfort* (!) Elle lui a fait d'ailleurs mille avances toujours repoussées. Quoi qu'il en soit, il ne peut être que stion d'une guerre nouvelle qui serait un non-sens et... une folie ! Si toutefois cette guerre devait éclater, l'Allemagne est prête, mais elle n'y croit pas et ne la veut pas.

Seul — ou presque seul — un journaliste, M. Alfred Kerr, directeur de la revue *Pan*, s'exprime d'une façon tout opposée : « *Ils ne vous ont pas dit la vérité*, s'écrie-t-il, en faisant allusion aux propos précédents : *Entre vous et nous il n'y a que du mensonge* !... L'Allemagne a de la sympathie pour la France, sans doute, mais l'Allemagne moderne est avant tout un pays de marchands qui veut s'enrichir et convoite la richesse de la France. C'est d'ailleurs un pays guerrier (!), d'essence et de race, dont la « machinerie » guerrière doit forcément l'emporter sur celle de la France. La France croit à la justice, à la bonne foi, à la paix ; l'Allemagne à la guerre, à la conquête... *et ce sera pour demain.* »

C'est là, disent les autres, le langage d'un « pangermaniste » et personne en Allemagne ne prend au sérieux « au sérieux ».

Qui avait tort, qui avait raison ? L' « Enigme » posée par l'auteur restait entière, et chacun était libre de la résoudre au gré de sa propre inclination.

(1) Voir Documents annexes, p. 28-46.

Il est impossible, malgré tout, d'oublier — on l'a dit — que la plupart des signataires de l' « Appel » sont des hommes dont les travaux ou les inspirations ont honoré au plus haut point l'humanité, que plusieurs d'entre eux ont maintes fois manifesté leur réel attachement à la France et à ses idées. Il est difficile d'autre part, — on l'a dit aussi — de ne pas reconnaître, jusqu'à preuve du contraire, dans leur « Appel » un certain accent de bonne foi, qui laisse perplexe...

Peut-être, au lieu de s'attrister, de s'indigner ou de flétrir, est-il permis encore de considérer ces très illustres représentants de « la science et de l'art allemands » — et tous ceux de leurs compatriotes qui tiennent le même langage (1) — comme des gens sincères, mais prodigieusement mal informés. Peut-être peut-on tenter encore, en discutant avec eux, (au nom de cette « vérité » qu'ils invoquent), chacune de leurs étranges déclarations, de leur *suggérer* à tous une conception plus exacte de la réalité (2).

1. Sur les causes de la guerre actuelle :

« *Il n'est pas vrai*, déclarent « *solennellement* » les illustres signataires, *que l'Allemagne ait provoqué cette guerre. Ni le peuple, ni le gouvernement, ni l'empereur allemand ne l'ont voulue.* »

Que le peuple allemand en soi, — l'ensemble de la population allemande (ouvriers, paysans, commerçants, industriels, intellectuels même, et leurs familles) — n'ait pas voulu la guerre, c'est ce que nous admettrions volontiers pour notre part, comme nous serions portés à l'admettre aussi, en de pareilles circonstances, pour beaucoup d'autres peuples de la terre. De plus en plus, en nos temps et en nos pays civilisés, les peuples en eux-mêmes n'éprouvent pour l'état de guerre qu'un goût très modéré. De plus en plus il répugne à la plupart des hommes de considérer en ennemis irréconciliables les habitants des pays voisins, et chacun en somme ne demande qu'à vivre en paix et à exercer en paix sa tâche respective dans le pays qui l'a vu naître et qu'il nomme avec une légitime fierté sa patrie. Instinctivement d'ailleurs, dans chaque nation, le « peuple » proprement dit comprend tout ce qu'il peut perdre et le peu qu'il peut gagner à un conflit international, et il ne se décidera à prendre les armes que lorsque, par suite du jeu et des intrigues de la diplomatie, il voit soudain sa patrie en danger. De plus en plus, l'idéal ancien de la guerre *offensive* s'efface devant celui de la guerre purement *défensive*.

Que Guillaume II, Empereur d'Allemagne par la grâce spéciale de son « vieux Dieu » allemand, n'ait pas voulu cette guerre, c'est ce que l'on fera croire plus difficilement à l'opinion publique générale !

Faisons remarquer aux illustres signataires que si leur grand Empereur a réellement, comme ils le disent, « sauvegardé » la paix du monde pendant ses vingt-six ans de règne, il ne s'en suit pas d'une façon absolue que ces vingt-six ans de paix n'aient pas été tout simplement... vingt-six ans de *préparation* à la guerre !

L'opinion publique reconnaissante a su à bon droit décerner à un souverain de l'Europe, le défunt roi Édouard VII, le titre glorieux de « Pacifique ». Nous voyons mal comment, même sans la monstrueuse guerre actuelle, son impérial neveu aurait pu jamais mériter le même honneur. Son attitude volontairement et continuellement militaire, les rodomontades belliqueuses dont il s'est plu lui-même à contredire à tout instant d'autres déclarations très vaguement « pacifistes », concordent mal avec les nobles préoccupations que voudraient lui prêter après coup ses dévoués défenseurs. Certes il était donné à ce souverain, plus qu'à un autre de son temps, de proclamer hautement par un geste de justice sublime, — et pourtant si facile ! — son attachement sincère à

---

(1) Voir Documents annexes, p. 21-27.
(2) Voir note (2), p. 16.

l'idée de la paix internationale, et le monde, qui a parfois cru à ce geste possible, l'aurait à son tour proclamé sans réserve comme un sublime génie de la paix. Mais en réponse à son attente, le monde n'a jamais eu que des propos incohérents et contradictoires, le régime écrasant de la « paix armée », l'oppression progressive de ce pays même qu'il aurait pu libérer, et, pour finir, le scandale de la conflagration actuelle !

Admettons cependant avec ses défenseurs que Guillaume II ait réellement — mais combien maladroitement ! — nourri l'ambition d'être surnommé à son tour... « le Pacifique » ! Efforçons-nous d'expliquer les accès de fièvre guerrière de cet énigmatique souverain par le seul souci qu'il aurait eu de *se poser* en état de défensive vis-à-vis de nombreux et invisibles ennemis ! Supposons qu'il n'ait pas été réellement libre de ses mouvements. Écoutons, sans y être tout à fait insensibles, le plaidoyer presque unique tenté en sa faveur, dans les circonstances actuelles, par son ami le milliardaire Carnegie qui veut nous montrer en lui l'irresponsable et impuissante victime des intrigues du Kronprinz son fils, et de toute la caste aristocratique et militariste prussienne.

Mais alors ! que penser de la prétendue autorité souveraine de ce maître des destinées germaniques ! Comment concevoir qu'il se soit laissé imposer par des subordonnés une guerre qu'il n'aurait pas personnellement désirée ! Comment comprendre qu'il ait voulu paraître après cela, par ses proclamations emphatiques et grossièrement mystiques, en prendre l'entière et personnelle responsabilité ! Que dire de ces proclamations elles-mêmes, et comment pouvez-vous, vous, Monsieur Eucken, le représentant de l'idéalisme moderne allemand ; vous Monsieur Harnack, le théologien averti de l' « Essence du Christianisme », et vous, Monsieur Haeckel, le fondateur et l'apôtre de la grandiose et libérale « Religion moniste », vous solidariser avec un souverain qui en est encore, en pleine civilisation moderne, à invoquer l'antique Dieu des batailles, — le Wodan de l'ancienne religion germaine ou le Yahveh jaloux des tribus hébraïques, — qu'il tient à s'approprier personnellement !

Quel état, d'ailleurs, pouvez-vous bien faire, en toute sincérité, vous tous Messieurs les intellectuels d'Allemagne, vous, hommes de pensée lucide et libre, de la mentalité générale de votre maître? Vous connaissez peut-être le jugement sévère prononcé à son sujet par son oncle le roi Edouard? Ne vous étonnez donc pas que, de même, à travers tout le « monde civilisé », en présence des incohérences de cette pensée et de ce règne, on puisse prononcer les mots de « dégénéré », de « déséquilibré » ou encore, comme le dit plaisamment M. Jean Finot (1), de « mattoïde », d'après le vocabulaire spécial de la criminologie italienne !...

Quant à prétendre que le gouvernement allemand proprement dit, quel que soit son secret inspirateur, n'ait, lui non plus, aucune responsabilité dans cette guerre, voilà Messieurs, ce qui n'est réellement pas soutenable, à la simple lumière des faits et des dates.

Ne nous attardons pas à rappeler l'esprit général de votre politique gouvernementale depuis un demi-siècle environ, ses principes exclusifs de l'idée de droit, ses instincts dominateurs, la progression constante de ses armements, l'éducation scolaire allemande à tous les degrés orientée, assure-t-on, vers la prochaine guerre inévitable contre la France... Ne parlons plus des rodomontades guerrières de votre Empereur et ne mentionnons pas davantage les écrits belliqueux de son digne fils pour lequel la chasse et la guerre, mais la guerre surtout, sont les seules occupations dignes des princes !... Oublions qu'aux Conférences de la Haye, seules, l'Allemagne et son alliée l'Autriche s'opposèrent aux efforts des autres puissances pour mettre à l'étude la limitation des armements, l'adoucissement des maux de la guerre, le principe de l'arbitrage international... Admettons qu'il y ait eu des « malentendus » dans toute l'affaire du Maroc ! Passons — pour en arriver aux événements actuels —

---

(1) « La Grande Croisade de l'Europe contre l'Allemagne », dans *la Revue* d'octobre.

sur toute cette préparation de guerre, à la fois minutieuse et formidable, que nous ont révélée peu à peu les opérations mêmes de la présente guerre. Passons sur cette immense organisation, également mise à jour, d'un espionnage méthodique et savant. Passons sur ce que nous savons aujourd'hui d'une mobilisation dont il était question *le 20 juin dernier* et qui était déjà en pleine activité *le 10 juillet*, soit *treize jours avant* l'ultimatum de l'Autriche à la Serbie...

Et bornons-nous à rappeler les événements diplomatiques qui se sont succédé avec une si étonnante précipitation pendant la semaine qui a précédé la conflagration générale.

Voici, en s'éclairant à la fois des déclarations de M. Viviani, du *Livre Bleu* anglais (1), et des textes officiels de la « version » donnée par le gouvernement allemand à celui des Etats-Unis, comment l'on peut établir la suite de ces événements, jour après jour :

Le *Jeudi* 23 *Juillet*, trois semaines après l'assassinat de l'archiduc d'Autriche François-Ferdinand, et au lendemain de l'arrivée du Président de la République française à Saint-Pétersbourg, ultimatum soudain de l'Autriche à la Serbie. Cet ultimatum, dont les puissances n'ont pas été informées officiellement et qui constitue une véritable atteinte aux droits d'un Etat indépendant, exige une réponse dans les quarante-huit heures !

Le *Vendredi* 24, notification (après coup) par l'Autriche aux puissances de cet ultimatum avec appui d'une note verbale allemande indiquant que le conflit devra rester tout local entre l'Autriche et la Serbie, sous peine de « conséquences incalculables ! » La Russie ayant en vain demandé à l'Autriche (et à l'Allemagne) une prolongation de délai pour la réponse à l'ultimatum, prévient l'Autriche qu'elle ne pourra rester indifférente à un conflit austro-serbe. Néanmoins, et d'accord avec la France et l'Angleterre, elle conseille à la Serbie une soumission aussi complète que possible, et cela, suivant les termes de la lettre personnelle adressée peu après par le tzar au prince Alexandre, «*dans la volonté absolue d'éviter toute effusion de sang.*»

Le *Samedi* 25, à six heures du soir, réponse de la Serbie, qui, sauf une ou deux réserves de forme, déclare accepter toutes les conditions de l'Autriche. L'Autriche refuse, *une demi-heure après*, d'accepter cette réponse, et annonce à la Serbie la rupture de ses relations diplomatiques avec elle !

En Allemagne, ce même jour, consignation des troupes d'Alsace-Lorraine et armement des ouvrages de frontière. L'Empereur d'Allemagne, qui était en promenade sur mer, rentre soudainement à Berlin.

Le *Dimanche* 26, proposition de l'Angleterre, par l'intermédiaire de Sir Edward Grey, d'une conférence de médiation de l'Allemagne, de la France et de l'Italie sous la présidence de l'Angleterre.

L'Allemagne admet le principe de cette conférence sous réserve, mais l'Autriche déclare par avance en repousser les conclusions. — En Allemagne, mesures de concentration pour les chemins de fer.

Le *Lundi* 27, sur une question de l'Allemagne, la Russie lui déclare qu'elle ne mobilisera que si l'Autriche attaque la Serbie, et cela, sur la frontière autrichienne seulement.

L'Allemagne envoie ses troupes de couverture sur la frontière française.

Le *Mardi* 28, déclaration de guerre de l'Autriche et la Serbie, quarante-huit heures après la rupture des relations diplomatiques. Nouvelle proposition de l'Angleterre à l'Autriche qui déclare que cette démarche

---

(1) Déclarations et textes entièrement confirmés depuis lors par le *Livre Gris* belge, le *Livre Orange* russe, et enfin, le *Livre Jaune* français. Ce dernier même si bien établi, comme on le sait, la préméditation de l'Allemagne et de son Empereur *dès le mois de mars* 1913, que, pour un esprit de bonne foi, toute discussion à ce sujet est désormais superflue.

vient trop tard, mais que l'Autriche n'entreprend d'ailleurs qu'une guerre de défensive.

L'Allemagne continue sa concentration de troupes sur la frontière française.

Le *Mercredi* 29, la Russie répond à la déclaration de guerre de l'Autriche à la Serbie en commençant sa mobilisation sur la frontière autrichienne, mais elle répète à l'Allemagne que cette mobilisation n'est pas dirigée contre elle. L'Angleterre (Sir E. Grey) demande à l'Allemagne de proposer elle-même un moyen de médiation entre les puissances. Ce même jour, à Berlin, démarche secrète du Chancelier de l'Empire auprès de l'ambassadeur d'Angleterre pour obtenir la neutralité de l'Angleterre en cas de guerre de l'Allemagne avec la France !

Le *Jeudi* 30, l'Allemagne prétend avoir transmis à l'Autriche la proposition de médiation de l'Angleterre, mais déclare que cette démarche aurait été rendue inutile par suite de la mobilisation russe (versino allemande).

Le *Vendredi* 31, dans l'après-midi, échange de lettres (qui se croisent) entre le tzar et le kaiser, Nicolas déclarant à Guillaume que sa mobilisation à lui n'implique nullement la guerre, et Guillaume se plaignant aigrement de cette mobilisation. *Dès le même soir, et sans attendre le résultat de ces lettres*, son gouvernement adresse deux ultimatums, avec réponse exigée dans les douze heures, l'un à la Russie pour réclamer l'arrêt de sa mobilisation, l'autre à la France pour réclamer qu'elle se désolidarise d'avec la Russie.

Ce même jour l'Allemagne se signale par des actes nettement hostiles sur la frontière française : rupture des communications, saisies de locomotives, concentrations, etc.

Le *Samedi* 1er *Août*, nouvel échange de messages, par télégraphe, cette fois-ci, entre le tzar et le kaiser, le premier confirmant ses dispositions conciliatrices, le second exigeant à nouveau et sans conditions l'arrêt de la mobilisation russe. Puis, à la suite d'une entrevue sans résultat entre M. de Schœn et M. Viviani à Paris, à une heure de l'après-midi, l'Allemagne et la France décrètent à la même heure, à cinq heures du soir, l'ordre de mobilisation générale, et, à sept heures et demie, l'Allemagne déclare la guerre... à la Russie !

Le même jour cependant, grâce aux efforts de la chancellerie russe auprès de l'Autriche, celle-ci venait enfin d'admettre, mais trop tard, le principe de soumettre à une médiation sa note à la Serbie !!

Le *Dimanche* 2, l'Allemagne qui a déclaré la guerre à la Russie seule, franchit la frontière française sur trois points, *tandis que les troupes françaises restent systématiquement à huit kilomètres de la frontière*. En même temps elle envahit le Luxembourg et adresse son ultimatum à la Belgique. Les Autrichiens bombardent Belgrade.

En résumé, de la simple énumération des faits ressortent nettement les conclusions suivantes :

L'*Autriche*, en parfaite concordance avec l'Allemagne — pour ne rien dire de plus — adresse brusquement un ultimatum à la Serbie le 23 juillet, refuse l'acceptation de cet ultimatum par la Serbie le 25, lui déclare la guerre le 28, refuse d'abord toute médiation européenne du 28 juillet au 1er août pour en admettre enfin le principe le 1er août, alors qu'il est trop tard.

L'*Allemagne*, loin de se prêter, comme elle le prétend, à un rôle de médiatrice auprès de son alliée, approuve entièrement son attitude et déclare dès le début de la crise que le conflit doit rester tout local. Elle prétend ensuite s'indigner de ce que la Russie songe à prendre des mesures de mobilisation en faveur d'un petit pays dont celle-ci est la protectrice naturelle. Elle prend enfin prétexte de cette mobilisation — qui n'est dirigée que contre l'Autriche — pour déclarer la guerre à la Russie, et, comme conséquence,... elle se jette sur la France deux jours avant de lui déclarer la guerre !

Son caractère agressif est si bien marqué que la Belgique prend aussitôt les armes, et que l'Italie, n'étant liée à elle qu'en cas de guerre défensive, proclame aussitôt sa neutralité.

Elle aggrave encore son cas le mardi 4 août, le jour de l'envahissement de la Belgique, dans les entretiens de M. de Jagow et du chancelier avec Sir Edward Goschen à Berlin pour obtenir la neutralité quand même de l'Angleterre. (Scène célèbre du « chiffon de papier ! »)

Pour les trois autres grandes puissances, leurs rôles respectifs se précisent comme suit :

La *Russie* qui maintes fois, dans les années précédentes, et notamment en 1908, a fait preuve de sentiments de conciliation en face de la politique agressive de l'Allemagne, s'efforce, cette fois encore, de prévenir « toute effusion de sang » en conseillant tout d'abord à la Serbie une soumission absolue. Elle ne se décide à mobiliser qu'*après* la déclaration de la guerre de l'Autriche à la Serbie et déclare que cette mobilisation est purement préventive. Enfin et surtout elle est sur le point de s'accorder avec l'Autriche, lorsque brutalement l'Allemagne lui adresse, à douze heures de distance, ultimatum... puis déclaration de guerre !

La *France*, que l'on se plaît à montrer comme assoiffée d'une sanglante revanche, et qui a, au contraire, depuis quarante-trois ans continuellement sacrifié au principe de la paix ses plus légitimes ressentiments, s'efforce, une fois de plus, elle aussi, d'opposer toute sa modération à l'attitude provocante et énigmatique de sa belliqueuse voisine.

Elle se voit finalement l'objet d'une agression brutale avant même qu'il ait été question de déclaration de guerre !

Quant à l'*Angleterre*, ses efforts journaliers en faveur d'une conciliation, pendant la semaine qui a précédé la guerre, ne peuvent faire de doute pour personne, et une fois les premiers combats engagés elle ne se décide elle-même à entrer en lice que lorsqu'elle voit la neutralité de la Belgique violée.

Comment donc, en face de ces faits acquis à l'histoire, les illustres intellectuels d'Allemagne peuvent-ils nous déclarer sans rire que « cette guerre a été « *imposée* » (!) à l'Allemagne ; que « *jusqu'au dernier moment, jusqu'aux limites du possible* », leur pays « *a lutté pour le maintien de la paix* » ; que c'est seulement au moment où leur peuple a été « *menacé d'abord et attaqué ensuite par trois grandes puissances en embuscade* (!!!) » qu'il s'est « *levé comme un seul homme !! »

L'Allemagne, dites-vous, a « lutté jusqu'au dernier moment pour la paix ! » En réalité elle s'est toujours refusée à transmettre nettement à l'Autriche les propositions de l'Angleterre ; elle proposait à celle-ci, le mercredi 29, l'étranglement de la France ; elle se refusait à écouter les explications de la Russie ; enfin et surtout, le vendredi 31 juillet, en pleine conversation diplomatique, elle précipitait nettement la crise, de peur que le bénéfice lui en échappe, en envoyant ses deux ultimatums à la France et à la Russie, alors qu'un accord direct était sur le point de se faire entre l'Autriche et la Russie !

Le peuple allemand, dites-vous encore, a été « menacé d'abord et attaqué ensuite par trois grandes puissances *en embuscade !!* » Nous touchons ici à la bouffonnerie pure ! Et cependant, c'est cette bouffonnerie que le gouvernement allemand responsable a osé inculquer à ses troupes pour mieux les entraîner à la boucherie, c'est cette bouffonnerie qu'il a réussi, paraît-il, à faire accepter même aux plus grands « représentants de la science et de l'art allemands ! » Désormais tout bon Allemand, le savant comme l'ignorant, débitera comme une leçon apprise par cœur la légende inepte : « C'est la Russie qui perfidement a déclaré la guerre à l'innocente Allemagne ; la France est accourue aussitôt avec joie à la rescousse de son alliée, et la mercantile Angleterre n'a pas voulu manquer une si belle occasion de s'enrichir aux dépens de l'opulence germanique ! » On ne dit pas si la petite Belgique, elle aussi, a pris part à la grande « embuscade ! »

De quel côté est la « voix de la vérité »? De quel côté sont les « machinations » et les « mensonges » »?

La vérité, elle a été résumée par un membre du Parlement anglais en ces termes précis : « *L'Allemagne* N'AVAIT QU'UN MOT A DIRE POUR EMPÊCHER *la guerre. Elle a préféré tirer l'épée.* »

Nous pouvons ajouter que la puissance occulte qui la dirige *a même* TOUT FAIT *pour pouvoir tirer l'épée,* et cela, à un moment choisi par elle, et dans un dessein obscur dont la profondeur nous échappe encore.

**

2. **Sur la guerre elle-même telle qu'ils la conçoivent et la pratiquent.**

Après cette première déclaration générale des intellectuels allemands sur les prétendus sentiments pacifiques de leur nation, on peut prévoir déjà ce que vaudront leurs déclarations suivantes sur le caractère de la guerre elle-même telle qu'ils la font.

Il faut voir cependant ces déclarations, en noir sur blanc, pour y croire!

« *Il n'est pas vrai* », continuent à affirmer « solennellement » les illustres signataires, « *que nous ayons violé criminellement* (sic) *la neutralité de la Belgique !* »

Oh! ce viol... qui ne serait pas « criminel », selon vous, Messieurs d'Outre-Rhin ! Quelle distinction spécieuse et toute germanique !... Comme vous le fait observer l'un de vos anciens élèves, un intellectuel d'un pays neutre, M. Edouard Chapuisat, membre du Grand Conseil de Genève, « toute violation est criminelle », si du moins il est permis de s'en rapporter aux notions les plus élémentaires du droit naturel, du langage, du bon sens.

Que vaut d'ailleurs, je vous en prie, l'essai d'explication que vous tentez de votre viol non criminel? Vous avez violé sans crime, dites-vous, la Belgique, parce que vous aviez la « preuve irrécusable » que la France et l'Angleterre, sûres de la connivence de la Belgique, étaient résolues elles-mêmes à effectuer cette violation? Etrange et pauvre moyen de défense, emprunté à la manière ordinaire de votre politique impériale, qui consiste à vouloir se justifier d'un crime en prétendant l'attribuer à autrui ! Mais où donc est-elle, cette « preuve irrécusable » » ? Ce n'est ni le premier ministre de France, ni celui d'Angleterre, j'imagine, qui ont, devant l'ambassadeur d'Angleterre à Berlin, traité les contrats internationaux de vulgaires « chiffons de papier » » ! Ce ne sont pas non plus, que je sache, les écrivains militaires et les stratégistes de ces deux pays qui ont, en ces dernières années, étudié et prévu de la façon la plus précise le cas d'une attaque brusquée par la voie de la Belgique contre le pays voisin ! La France vraiment, en ce qui la concerne, était si prête à opérer elle-même cette invasion par la Belgique qu'elle a négligé de porter de ce côté-là de sa frontière le principal effort de sa mobilisation, ce dont quelques-uns l'ont blâmée, et ce fut au moins la faute de son honnêteté. Quant à l'Angleterre, ce n'est pas à vos savants historiens qu'on devrait l'apprendre, Messieurs, elle a toujours regardé la neutralité de la Belgique comme le premier dogme, pour ainsi dire, de sa politique internationale, et c'est, faut-il le répéter encore, le fait même de la violation de cette neutralité par vos armées qui l'ont instantanément décidée à se départir de son attitude purement défensive à notre égard pour entrer en pleine action avec nous contre vous.

Je vous le demande encore, Messieurs, où elle-elle, votre « preuve irrécusable » » ?

« Votre patrie eût commis un suicide », dites-vous, « en ne prenant pas les devants ? » Si votre patrie voulait ne pas risquer ce suicide, elle n'avait qu'à rester chez elle, où nulle âme ne lui cherchait noise. Et pour vous, Messieurs, vous auriez été bien inspirés en vous réunissant plus tôt et en adressant votre « Appel » non pas aux « nations civilisées » qui n'en ont que faire, mais à ceux-là même, quels qu'ils soient, qui dirigent votre propre nation, pour les exhorter à plus de bon sens, à plus de franchise, à plus d'humanité.

*
* *

Mais écoutons encore votre « Appel » tel que vous avez cru devoir nous l'adresser.

« *Il n'est pas vrai*, continuez-vous à déclarer avec une solennité de plus en plus imposante, *que nos soldats aient porté atteinte à la vie ou aux biens d'un seul citoyen belge... sans y avoir été forcés par la dure nécessité d'une légitime défense...*

« *Il n'est pas vrai que nos troupes aient brutalement détruit Louvain...*

« *Il n'est pas vrai que nous fassions la guerre au mépris du droit des gens...* »

Qu'elles sont donc étranges, ces dénégations répétées, et, dirait-on, presque désespérées, Messieurs, et comme elles semblent toutes impliquer l'aveu catégorique ! — « Habemus confitentem reum ! »

Vous le reconnaissez donc, tout en cherchant à vous en excuser, que, contrairement aux lois de la guerre, vos soldats ont « porté atteinte à la vie et aux biens des citoyens belges », et que — brutalement ou non — ils ont « détruit Louvain » ? Vous voudriez prétendre cependant que votre pays ne méconnaît pas le « droit des gens » ?

Mais pourquoi, pendant que vous y êtes, ne nous dites-vous rien ni de Malines, ni de Termonde, ni de Reims, ni de Senlis, ni d'Arras ?... Pourquoi ne cherchez-vous pas à nous expliquer aussi, au nom de votre respect du droit des gens, la monstrueuse succession des vols, des pillages, des incendies systématiques, des assassinats, des souillures, des horreurs sans nombre de vos troupes, non seulement en Belgique, mais sur les bords de la Marne, mais dans tout l'est et le nord de la France ? Que pensez-vous, d'ailleurs, je vous prie, de leurs ruses de guerre odieuses, à l'heure de la bataille ; de leur abus impie des immunités que confèrent la Croix-Rouge ou le drapeau blanc, de leur propre mépris de ces immunités chez leurs adversaires ? Vous prétendez prévenir nos propres et légitimes accusations au sujet de vos balles explosibles en essayant de nous en attribuer à nous-mêmes l'emploi ? Nous avons nos preuves matérielles et nous attendons sans trop d'inquiétude les vôtres ! Croyez-nous, Messieurs les Intellectuels d'Allemagne, vos nobles et puissantes armées ont à leur passif, depuis les débuts de cette guerre jusqu'à aujourd'hui, un ensemble de forfaits réellement effroyable, et vous ne pourrez pas plus les nier, au jour où l'on vous en présentera les documents et les témoignages précis, que vous ne pouvez déjà songer à nier la destruction de la seule ville de Louvain !

Oserez-vous user alors, comme vous le faites pour Louvain, de l'argument de « légitime défense », vous, les agresseurs et les envahisseurs, vous les théoriciens et les fiers champions de l' « attaque brusquée » ? Mais admettons par hypothèse — ce qui reste aussi à prouver — que les populations, soit de la Belgique, soit de la France, se soient soulevées d'indignation contre vos troupes et que, les premières, elles aient réellement commis les excès que vous invoquez. N'est-ce pas elles, comme vous le dit encore très bien M. Chapuisat, qui se trouvaient indiscutablement dans le cas de légitime défense, et vous sied-il de vous étonner si leur résistance fut farouche et désespérée ?

Au reste, Messieurs, vous cherchez en vain à justifier vos armées en nous parlant de « légitime défense » et de « justes représailles ». C'est en réalité, vous le savez déjà ou vous le saurez un jour, par pur esprit de système, et par ordre voulu, qu'elles ont, sous la conduite de leurs chefs responsables, accompli l'œuvre de dévastation et d'extermination déjà flétrie par tout le « monde civilisé » ! Et voilà qui réduit encore à néant toute cette partie de votre plaidoyer.

Direz-vous peut-être, comme le font tant de vos prisonniers lorsque nous leur reprochons leurs forfaits : « C'est la guerre ! » Mais cette explication, outre qu'elle impliquerait encore votre aveu, serait indigne de votre qualité d'hommes de pensée et de calme réflexion.

Sans doute, pour ses apologistes, et par définition même, la guerre semble légitimer tous les excès les plus sanguinaires, toutes les cruautés, toutes les déprédations, toutes les barbaries, car enfin si un peuple se bat contre un autre peuple, c'est évidemment, semble-t-il, pour lui faire le plus de mal possible, et par tous les moyens imaginables. Et c'est bien pourquoi, pour le dire en passant, la guerre apparaît à quelques bons esprits (plus nombreux, je le crains, chez vos adversaires que chez vous, Messieurs) comme contraire en soi à l'idée même de la civilisation, si, toutefois on ne sépare pas cette idée de celle de la solidarité humaine...

Cependant, une fois le principe de guerre admis, encore peut-on y faire des distinctions. Il y a guerre et guerre. Il y a la guerre des peuplades antiques ou sauvages, haineuse, cruelle, barbare, volontairement ignorante de toute notion de justice ou de pitié, et il y a, Dieu merci, la guerre moderne, humainement adoucie par toutes les conventions dites de Genève, de la Haye ou autres.

De ces deux conceptions quelle est donc la vôtre, Messieurs, et quelle est celle de votre politique impériale?

A entendre votre protestation, il semblerait bien qu'en raison même de votre qualité d' « intellectuels » vous prétendiez tenir compte du « droit des gens », que vous vous efforciez de défendre vos soldats contre les accusations de barbarie. Même l'un de vos principaux griefs contre nous, si je ne me trompe, c'est que nous ayons pu appeler à notre aide contre la nation allemande, quintessence suprême à vos yeux de la race blanche et des peuples civilisés, tout un ensemble de peuples notoirement en dehors, selon vous, de toute civilisation : des Russes, des Serbes, des Indiens, des Mongols, des Nègres,... que sais-je encore !...

Il faudrait pourtant nous entendre, Messieurs, et savoir enfin de quel côté se trouvent, en cette guerre, l'humanité et la civilisation, et de quel côté la barbarie que vous prétendez réprouver aussi bien que nous. Si c'est vous qui représentez la civilisation pure et sans tache, et nous qui rassemblons haineusement contre vous toute la barbarie de la terre, pourquoi donc est-ce contre vos actes de guerre *à vous*, contre *vos* bombardements, contre *vos* incendies, contre *vos* assassinats, contre *vos* pillages, contre *vos* horreurs de toute nature, et non pas contre celles des Russes, des Serbes ou de nos troupes coloniales que s'élève avec indignation toute l'humanité civilisée du monde entier? Mais, bien plus, pourquoi trouvons-nous tous ces abominables excès de guerre non seulement justifiés, mais conseillés, mais ordonnés dans les proclamations de vos officiers comme dans les œuvres savantes de vos stratégistes, et cela, dans votre pays seul? Que dis-je, votre glorieux empereur lui-même, celui qui se regarde comme le représentant de la divinité sur la terre, n'a-t-il pas constamment, dans cette langue archaïque et puérile qui lui est propre, proclamé le principe de la guerre sauvage et sans merci contre ceux qu'il appelle les ennemis de l'Allemagne? Faut-il vous rappeler son appel, jadis, à l'extermination des troupes chinoises, son récent cri de haine contre la « misérable » armée britannique, l'exhortation qu'il adressa, plus récemment encore, aux hommes de Potsdam, à « *sabrer* père, mère, frères et sœurs » !!...

Si tel est le maître, Messieurs, quels ne seront pas aussi les humbles serviteurs! Et comment prétendez-vous attester après cela que ce sont nos armées et non les vôtres qui pratiquent une guerre de barbares! Qu'il puisse y avoir ici et là dans nos rangs ou dans ceux de nos alliés, de par la fatalité du principe de guerre, tels actes isolés qui soient contraires aux conventions modernes, c'est ce que nous n'aurons pas la naïveté de nier de parti pris jusqu'à plus ample information. Mais au moins aurons-nous l'honneur de pouvoir nous rendre le témoignage que ces actes n'auront été précédés chez nous d'aucun ordre préalable de nos chefs militaires ou de nos premiers magistrats, d'aucun esprit de système préconçu.

Et c'est là, Messieurs, l'immense différence !

Croyez-le, c'est bien chez vous et non chez nous que l'on peut parler du « mépris des droits des gens[1] ».

*
* *

« *Il n'est pas vrai*, dites-vous enfin, *que la lutte contre ce qu'on appelle notre militarisme ne soit pas dirigée contre notre culture, comme le prétendent nos hypocrites ennemis !* »

Sous sa forme singulière et embarrassée, cette dernière déclaration devient, Messieurs, tout à fait plaisante pour vos « hypocrites ennemis », pour ceux-là, surtout qui s'efforçaient jusqu'ici de croire à votre bonne foi et à votre sincérité. Car, si vous êtes sincères en parlant ainsi, que dire de votre modestie, de votre bon sens, de la sérénité de votre jugement !

Cette dernière déclaration est en même temps une révélation. Par la preuve qu'elle nous donne de votre orgueil et de votre inconscience, elle éclaire tout à coup l'attitude des meilleurs d'entre vous et l'extraordinaire parti pris de votre manifeste tout entier.

Elle peut s'interpréter, cette déclaration, avouez-le, comme suit :

« Notre « *Culture* » allemande est si merveilleuse, si éclatante, si grandiose, que tous nos ennemis, c'est-à-dire tous nos peuples voisins, en ont conçu un noir chagrin et une amère jalousie. Ils n'ont donc tous depuis longtemps qu'une idée, et qu'un but, celui de nous ravir cette éblouissante Culture, ou plutôt de l'anéantir à jamais. Pour cela ils n'ont pas trouvé d'autre moyen que d'inventer ce qu'ils appellent le « militarisme allemand » afin qu'en ayant l'air de lutter à bon droit contre celui-ci, ils arrivent par là même à écraser celle-là ! »

Le seul énoncé de ces propositions n'en montre-t-il pas toute l'inanité?

Votre « culture » allemande, comme vous l'appelez, mais nous sommes certainement les premiers à en reconnaître l'existence et la réelle grandeur, comme nous rendons hommage aussi, à travers l'histoire, à celles des Égyptiens, des Grecs, des Latins, des Hindous, des Chinois, des Anglais, des Italiens, des Espagnols et à bien d'autres encore, comme nous nous plaisons aussi à affirmer celle qui nous est propre.

Nous savons et nous admettons, croyez-le bien, que le grand Kepler, fondateur de l'astronomie moderne, et que le grand Leibnitz, le représentant par excellence de la philosophie spiritualiste moderne, furent l'un et l'autre d'authentiques fils de l'Allemagne. Nous savons un peu aussi tout ce que représente dans l'histoire de l'art les noms de Dürer, de Cranach, de Bach, de Mozart, de Hændel, de Beethoven, de Schubert, de Schumann, de Wagner. Nous n'ignorons pas quel a été tout particulièrement le mérite et l'éclat de cette grande et décisive période de votre histoire littéraire et philosohique que vous appelez le « *Sturm und Drang-periode* » et qu'ont illustrée les Lessing, les Herder, les Schiller, les Gœthe, les Kant, les Winckelmann, les Schlegel, pour ne citer que ceux-là. Nous avons depuis lors, c'est-à-dire depuis un siècle et demi, communié d'une façon constante, et sans arrière-pensée, avec vos poètes, avec vos penseurs, avec vos philosophes, avec vos savants, avec les génies de votre art musical. Notre enseignement supérieur, depuis quelque quarante ans surtout, s'est efforcé de s'assimiler vos méthodes de travail scientifique et critique. Nos expositions d'art se sont largement ouvertes à vos tentatives les plus hardies ! Nous avons fait l'accueil le plus libéral à votre industrie et à votre commerce. Nous avons été même si loin dans cette voie hospitalière que beaucoup nous en ont blâmés, alors que pourtant nous n'avons fait que mettre en pratique le régime de libre échange qui devrait être la règle idéale dans notre société moderne, tant en matière économique que dans le domaine des sciences et des arts.

Est-ce à dire que nous ayons été éblouis, subjugués, fascinés par votre littérature, par votre philosophie, par votre art, par votre science, par votre savoir-faire industriel ou commercial, au point de nous persuader comme vous-mêmes qu'il n'existe rien au monde en dehors de la littérature allemande, de la philosophie allemande, de l'art allemand, de la science allemande, de l'industrie allemande et de l'article de commerce allemand (*made in Germany !*), en dehors de la « Kultur » allemande en un mot?

Est-ce à dire surtout — oh ! surtout ! — que cette « Kultur » ait à ce point excité notre envie et notre convoitise, que nous ayons cherché le moyen perfide soit de nous l'approprier, soit de la détruire !! Comment, Messieurs, des conceptions aussi... baroques (j'ai lâché l'expression, et m'en excuse) ont-elles jamais pu se présenter à vos esprits de grands philosophes, de grands savants, de grands artistes? Faut-il croire qu'en nous prêtant d'aussi aimables et... puériles préoccupations, vous nous révéleriez par là même celles que vous seriez capables de nourrir à notre égard? Mais enfin, de deux choses l'une : ou bien nous sommes pleins d'une admiration béate pour votre « culture » et alors pourquoi songerions-nous à lui porter atteinte en vous combattant? ou bien nous n'en faisons qu'un cas ordinaire et modéré, et, en ce cas encore, pourquoi ferions-nous contre elle et contre vous le grand effort agressif que vous prétendez?

Au reste, Messieurs, — car il faut toujours en revenir là, devant l'énormité et la puérilité tout à la fois de votre accusation — est-ce notre pays ou le vôtre qui, dans la guerre actuelle, est l'agresseur? Est-ce nous qui, sans motif apparent, sans même lui avoir déclaré la guerre, avons envahi le pays voisin? Sont-ce nos troupes qui incendient et détruisent villes, villages et cathédrales, qui pillent maisons et châteaux, qui assassinent citoyens sans armes? Sont-ce nos écrivains et nos hommes d'Etat qui ont annoncé d'avance cette guerre avec le projet de démembrer le grand pays voisin, de lui enlever son empire colonial, de l'anéantir dans ses forces vives? Est-ce la France ou l'Allemagne, dont toute la politique respire aujourd'hui l'esprit de conquête et de domination le plus hautement avoué? (1)

La vérité, Messieurs, c'est celle-là même que vous prétendez nier, et que le monde entier oppose à votre dénégation. Ce n'est pas votre « culture » qui est en cause, soyez-en certains, mais bien ce que le monde entier appelle avec raison le « militarisme » agressif et l' « impérialisme » dominateur de votre gouvernement responsable.

Vous prétendez ne pas comprendre cette expression de « militarisme »? Vous dites que ce prétendu militarisme dont on vous accuse « *est né dans votre pays pour protéger votre culture, qui, sans lui, serait anéantie depuis longtemps* » et vous nous déclarez, « solennellement » encore, que « *l'armée et le peuple allemand ne font qu'un?* » — Autant de sophismes évidents que votre sens critique devrait être capable par lui-même de percer à jour !

Votre erreur, plus ou moins consciente et volontaire, consiste — toutes les « nations civilisées » vous le diront — à confondre le principe légitime que représente, en tout pays, l'armée nationale, avec ses excès ou sa déformation qui n'est autre chose que le « militarisme ».

L'armée nationale d'un pays est destinée, en effet, Messieurs, à protéger

(1) Voir « Leurs Aveux » aux Documents annexes, p. 27.

ce pays contre les agressions possibles de ses voisins. Elle exerce son activité, en temps de paix, dans la sphère qui lui est propre et n'intervient pas dans la vie civile et intellectuelle, celle-ci se développant librement et en toute indépendance du domaine militaire. Vis-à-vis de l'étranger l'armée nationale est avant tout une armée *défensive*.

Dans le régime militariste, au contraire, le pouvoir militaire tend, à l'intérieur, à s'imposer abusivement au pouvoir civil et à lui disputer la première place ; par sa force et son prestige, il réussit peu à peu à dominer toutes les forces morales et intellectuelles du pays, *à se les assimiler même* ; il entend que, contrairement à l'antique adage, la toge s'incline devant les armes, et il va jusqu'à décréter que « la force prime le droit ». A l'extérieur, ce régime prend un caractère nettement *offensif* et devient «l'impérialisme» qui n'est autre que la tendance d'une nation à s'assujettir et à dominer par la force, au mépris de tous leurs droits naturels, les autres nations de la terre.

Le chant de guerre de l'armée nationale allemande, de celle qui ne songe qu'à défendre la patrie menacée, c'est le *Wacht am Rhein* dont la mâle et patriotique allure rappelle notre *Marseillaise*, et nous pourrions sans inconvénient — bien au contraire ! — nous en approprier pou nous-mêmes l'esprit et les paroles. Le chant de la guerre de l'Allemagne impérialiste, c'est le *Deutschland über Alles* dont la naïve arrogance n'échappe à personne !

La grande floraison de votre littérature, de votre pensée, de vos arts, au cours des deux derniers siècles, a coïncidé avec l'existence de vos armées défensives, et l'on ne peut dire que votre « culture » d'alors ait au besoin du secours de ces armées pour se défendre ni pour s'imposer à l'estime et à l'admiration du monde.

Depuis quelque cinquante ans par contre, — tout écolier des « nations civilisées » vous l'apprendra — sous l'influence d'un homme qui ne fut, je le crois, ni un poète, ni un philosophe, ni un artiste, vous êtes entrés dans une période nouvelle de votre histoire que caractérise une politique, nouvelle aussi, d'origine prussienne et, pour tout dire, d'inspiration nettement *bismarckienne*. Inaugurée par l'annexion inique du Schleswig-Holstein et continuée par l'écrasement de votre alliée l'Autriche à Sadowa, cette politique a triomphé dans la guerre de 1870 et dans une seconde annexion, celle de l'Alsace-Lorraine, aussi contraire que la première au principe moderne du droit des nations. Dès lors, l'Allemagne entière, façonnée à l'image de l'Etat prussien qui lui a donné l'unité par la victoire extérieure, n'a plus conçu d'autre principe de gouvernement que celui de la force, et ce principe s'est traduit pour elle tout naturellement, à l'intérieur, par la prépondérance du pouvoir militaire, à l'extérieur, par ses tendances dominatrices et envahissantes. Cette politique de la force et de la domination s'est imposée non seulement à vos mœurs et à vos institutions, mais à vos intelligences et à vos consciences, Elle a oblitéré, à un tel point, entre autres, votre sens de la justice et du droit moral que l'on ne pourrait trouver, je le crois, un seul Allemand d'esprit assez libre pour comprendre que la question de l'Alsace-Lorraine représente tout au moins pour la France un élémentaire devoir de fidélité et de loyauté. Elle a donné enfin au monde l'intelligent et édifiant régime de la « paix armée » !

Or, quoi que vous en disiez, Messieurs, nous ne voyons pas, nous autres Européens, que cette politique de l'Allemagne, que nous appelons, avec raison «militariste» et «impérialiste», ait été le moins du monde favorable à votre fameuse « culture » allemande, et nous voyons au contraire tout ce que celle-ci y a perdu.

Loin de défendre votre culture, la vraie, elle a fait, cette politique, du peuple de penseurs, de savants et d'artistes que vous étiez, la nation orgueilleuse et impérieuse dont l'existence est devenue, aux yeux du monde, un danger pour toute culture quelconque. Et c'est en effet cette politique, et elle seule, qui est la cause de la guerre actuelle avec tous les maux « incalculables » qu'elle cause à travers toute l'Europe.

Oh ! sans doute, nous avons eu aussi, nous Français, en des temps moins modernes et moins civilisés, nos phases de militarisme et d'impérialisme agressifs. Mais aussi les événements ont-ils prouvé le néant final de ces ambitions démesurées. Au reste, nous avons eu, dans notre propre pays, nos protestataires, et non des moindres : un Fénelon, un Vauban, un Saint-Simon, d'autres encore, contre la politique de Louis XIV ; un Chateaubriand, une Mme de Staël, à l'époque des conquêtes napoléoniennes... Comment votre haute raison, Messieurs Eucken, Fœrster, Hæckel, Wundt, et comment vos sentiments moraux, Messieurs les professeurs de théologie de tout ordre, ne vous ont-ils pas poussés, vous aussi, à protester, en hommes libres, contre la politique grossièrement matérialiste de vos dirigeants?

Nierez-vous encore, Messieurs les Intellectuels d'Allemagne, la réalité de votre « militarisme » et de votre « impérialisme » et leur caractère malfaisant? Mais les protestataires, à défaut de vous-mêmes, nous les trouverions dans votre propre pays, parmi ceux-là malheureusement qui ne sont plus. Pouvez-vous sincèrement douter de ce que penseraient, soit de la politique astucieuse et brutale d'un Bismarck, soit des cris de guerre haineux d'un Guillaume II, ces Gœthe, ces Beethoven, ces Kant dont vous osez vous réclamer : Gœthe, l'homme épris de toutes les libertés et de toutes les civilisations ; Kant, l'apôtre du devoir moral dans toute sa rigueur et dans toute sa plénitude, et l'un des premiers théoriciens de la « paix perpétuelle » entre les nations ; Beethoven, le chantre immortel, en sa 9ᵉ symphonie, de la fraternité des peuples ! Mais alors écoutez votre contemporain Nietsche, oui, Nietsche lui-même que l'on pourrait considérer, à première réflexion, avec sa théorie du « surhomme » et du « pouvoir de domination » comme l'auteur responsable de vos prétentions actuelles, et qui pourtant les a lui-même condamnées catégoriquement, et en fort bon allemand, en ces termes :

« En confidence, je suis d'avis que LA PRUSSE MODERNE EST UNE PUISSANCE HAUTEMENT DANGEREUSE POUR LA CULTURE. »
« LA FORCE DE L'ÉTAT PRUSSIEN EST LA PERTE DE LA PATRIE ALLEMANDE. »
« DEPUIS L'AVÈNEMENT DE L'EMPIRE D'ALLEMAGNE, LE GRAND PAYS PLAT D'EUROPE NE COMPTE PLUS DANS L'HISTOIRE DE LA CIVILISATION EUROPÉENNE. »
Et enfin, en parlant sans doute de votre culture militariste actuelle :
« LA CULTURE ALLEMANDE N'EST QUE DE LA BARBARIE STYLISÉE (!) SI LOIN QUE S'ÉTEND L'ALLEMAGNE, ELLE ÉTOUFFE LA CULTURE (!) »

En avons-vous dit autant, Messieurs, et n'est-il pas admirable que l'un des vôtres vienne nous aider à vous faire comprendre combien vous vous illusionnez lorsque, à tout prix, vous voulez confondre votre culture ancienne, la vraie, qui vous honore, avec celle d'aujourd'hui qui vous dégrade et qui fausse votre entendement !

*
**

Vous terminez votre Appel, Messieurs les représentants de la science et de l'art allemands, en accusant encore les « mensonges empoisonnés » de vos « ennemis » et leurs « faux témoignages ! » Mais que dirons-nous nous-mêmes, en face des faits que tout le monde connaît, et des faux principes que tout le monde réprouve, que dirons-nous de vos propres dénégations obstinées? Et comment expliquer votre attitude?

— 15 —

Faut-il délibérément, comme des esprits justement indignés, mais peut-être trop simplistes, n'hésitent pas à le faire, vous retourner avec usure, et en pleine connaissance de cause, votre accusation d'*hypocrisie*? Faut-il croire que, trop éclairés pour vous tromper aussi lourdement, vous connaissez en réalité aussi bien que nous le peu de valeur de vos déclarations, mais que, vous solidarisant avec ceux qui, chez vous, ont consciemment préparé cette guerre, vous nous jouez comme eux la plus indigne comédie?

Une pareille « tartuferie », si elle semble bien être le fait des auteurs responsables de la guerre, ne paraît pas réellement pas croyable chez les représentants les plus authentiques de la moralité allemande !

Faut-il plutôt, à la suite de M. Jean Finot (1), de M. Emile Boutroux (2), et de bien d'autres, accuser décidément une déformation foncière ou plutôt une sorte d'hypertrophie de votre mentalité, de celle même des meilleurs d'entre vous, sous l'influence de la politique de votre gouvernement pendant les cinquante dernières années? Vous vous imagineriez vraiment que votre nation a reçu de la divinité (et de quelle divinité, grands dieux !) la mission sublime (!) d'imposer votre « culture » actuelle et vos mœurs (quelle culture et quelles mœurs !) à toute la terre habitable, et cela, au besoin, par toutes les ressources de la force la plus brutale!! Il y aurait alors dans votre cas un prodigieux phénomène de « mégalomanie » générale, et, pour tout dire, un exemple vraiment stupéfiant d'*inconscience* et presque de *démence* nationales ! Cette inconscience ou cette démence se doubleraient, suivant d'autres, d'un esprit de complète *servilité* qui ferait admettre comme paroles d'Evangile, même aux esprits les plus libres d'entre vous, toutes les paroles sorties de la bouche du très haut et puissant Empereur votre maître ! — Mais encore, cette inconscience et cette servilité pourraient-elles aller jusqu'à vous faire nier des faits d'ordre physique, visibles pour tous, tels que les destructions de villes et les assassinats de citoyens sans défense?

Peut-être, Messieurs, — et nous le souhaiterions pour vous — êtes-vous tout simplement les victimes à la fois innocentes et étonnantes d'une censure vraiment « colossale » qui, plusieurs jours déjà avant l'ouverture des hostilités, aurait fait de l'Allemagne entière comme une vaste prison hermétiquement fermée à tous les souffles de vérité du dehors? *Peut-être vous et tout votre peuple ignorez-vous réellement le premier mot de la vérité vraie, et peut-être avez-vous été tous joués de la façon la plus formidable et la plus burlesque* par ce gouvernement impérial auquel vous accordez une si touchante confiance et qui aurait eu, lui, ses raisons secrètes pour ne pas divulguer ses vastes et ténébreux desseins?

Cette hypothèse, si incroyable qu'elle paraisse, n'est pas dénuée de toute vraisemblance. Il semble certain, nous l'avons dit, qu'en dépit de textes acquis à l'histoire, vous tous Allemands vous répétez à l'envi ces contre-vérités et ces inepties : que, d'abord, la Russie aurait positivement déclaré la guerre à la pauvre Allemagne laquelle n'en pouvait mais ; qu'ensuite l'Angleterre se serait engagée dans la lutte au mépris de la foi donnée (!!) et pour obéir à un sentiment de basse convoitise (!!). Non seulement tous vos prisonniers en France se font chez nous l'écho de ces inventions, mais il paraîtrait même, Monsieur le professeur Hæckel, que dans votre *Monitische Jahrhundert* du 15 septembre vous auriez vous-même commencé une phrase en ces termes : « *Lorsque la Russie, au commencement d'août, eut déclaré la guerre à l'Allemagne et à l'Autriche...* » Nous ne connaissons pas la fin de la phrase et le regrettons vivement, mais nous comprenons que M. Paul Seippel, l'écrivain suisse à qui nous devons cette citation, puisse vous inviter respectueusement, très illustre Maître, à passer à la Wilhelmstrasse et à demander

(1) « La Grande Croisade de l'Europe contre l'Allemagne », dans *la Revue* d'octobre.
(2) « L'Allemagne et la Guerre », dans la *Revue des Deux Mondes* du même mois.

2

le texte des déclarations de guerre pour savoir qui les a signées et lancées !

Au reste, que ne vous a-t-on pas conté, Messieurs les Allemands, et que n'avez-vous pas cru, au début de la guerre, sur la révolution à Paris, sur l'assassinat du Président de la République, et autres semblables billevesées ! Que de fois, dans la suite, vos agences d'information, dûment stylées, n'ont-elles pas pris et repris Paris pour la plus grande édification de vos âmes patriotiques !

Il semble donc bien avéré que vous avez tous été, de par la suprême volonté de votre impérial gouvernement, les gens les plus faussement informés du monde entier. Et voilà qui nous permettrait, en définitive, Messieurs les intellectuels, une réelle indulgence à l'égard de votre manifeste !

Mais si vous ne saviez pas, vous saurez un jour, et, à votre tour, comme l'ont compris déjà chez nous vos prisonniers, vous devrez convenir que vous avez été abominablement trompés, vous et tout votre peuple ! Que ferez-vous alors? Saurez-vous à votre tour vous ressaisir, vous les hommes de pensée et de science? Saurez-vous comprendre que vous êtes bien réellement, vous et votre peuple, les premières victimes de ce régime oppresseur dont vous voudriez vous faire les humbles servants? Saurez-vous, vous, les fils des Leibnitz, des Lessing, des Gœthe, des Kant, revenir à vos plus nobles et à vos plus vraies traditions ? Saurez-vous à leur suite concevoir à nouveau qu'il existe un autre idéal que celui d'une nation conquérant d'autres nations pour les asservir à son régime... caporaliste, et que cet idéal consiste dans le développement parallèle et harmonieux des différentes nations du monde dans la voie du travail, de la liberté, de la justice (1)? Estimerez-vous comme nous que votre régime impérialiste a, dans cette guerre comme dans les précédentes, accumulé assez de ruines, commis assez d'horreurs, fait couler assez de larmes à d'innombrables foyers, chez vous plus encore que chez nous? Nous aiderez-vous alors vous-mêmes à mettre fin à ces scandales de la civilisation en renversant d'abord avec nous le pouvoir qui vous trompe et qui opprime le monde, puis en scellant avec nous une paix définitive qui, réparant les injustices passées, mettra fin par là même aux armements insensés et aux guerres barbares ?

Pensez-y, Messieurs ! Ou bien votre manifeste est sincère et ne pèche que par ignorance, et alors, comme vous y laissez paraître quelque réprobation de la guerre et de ses excès, il ne tiendra qu'à vous lorsque vous saurez la vérité, de prouver par votre indépendance civique, si vous êtes ou non les partisans d'une civilisation vraiment humaine contre une politique d'agression, d'oppression et de mensonge.

Ou bien votre prétendu « Appel aux nations civilisées » est bien réellement le monstrueux monument d'orgueil et d'hypocrisie qu'il paraît être au plus grand nombre, et alors ne vous étonnez pas que le monde entier s'oppose de toutes ses forces et avec toute son énergie à votre criminel et redoutable dessein de domination « pangermanique » !

Croyez-nous, à votre tour, Messieurs les illustres Intellectuels d'Allemagne, le bonheur du monde — et le vôtre — dépendent en une réelle mesure de votre attitude prochaine et de celle de votre peuple, lorsque tous vous saurez...

Vous avez fait appel aux « nations civilisées ». Nous serions tentés pour notre part (en dépit des objurgations de certains publicistes pour lesquels le patriotisme semble consister à attiser les haines internationales) à en appeler simplement, à défaut des intellectuels que vous êtes (2),

---

(1) Nous nous inspirons ici des paroles admirables de M. le doyen Appell à la séance publique annuelle des cinq Académies du 27 octobre. (Voir Documents annexes, p. 28-29.)

(2) Depuis que les lignes précédentes ont été écrites l'écho nous est parvenu des nouvelles déclarations, celles-là franchement et... ridiculement « pangermanistes » de certains des signataires de l' « Appel » : les Ostwald, les Haeckel, etc. ! La préméditation des intellectuels allemands, même des meilleurs, serait donc bien avérée aussi !

aux gens de bon sens et aux braves gens de chez vous, s'il en est encore, et à leur dire à peu près ceci : « Nous avons connu, quelques-uns d'entre nous, ô Allemands, vos vertus familiales et privées, votre « *gemüthlichkeit* », la cordialité de votre accueil et la fidélité de votre souvenir... (Seriez-vous *tous* devenus les complices des fourbes, des voleurs et des assassins ?...) Nous avons encore à l'esprit les éloquentes et sincères effusions de l'un des vôtres, prédicateur de renom, dans l'une de nos églises parisiennes, sur le rôle de l'amour et de la charité à travers les âges... (Est-ce donc ainsi que vous compreniez l'amour et la charité?...) Cependant nous croyons savoir qu'en ce moment même votre administration militaire, comme la nôtre, traite avec humanité ses prisonniers de guerre, donnant ainsi le démenti de la civilisation aux infamies de la guerre telle que la pratique votre soldatesque avinée... Nous avons aussi recueilli maints aveux de regrets et maints remords de cette guerre chez vos soldats et même chez vos officiers... Enfin, nous persistons à croire que sans les intrigues criminelles de certaine politique et de certaine diplomatie (1), et puisqu'il faut l'ajouter aussi, sans les enseignements corrupteurs de certaine « intellectualité », les peuples eux-mêmes ne demanderaient qu'à s'entendre et à vivre en harmonie, d'une frontière à l'autre...

« Mais encore faut-il que les peuples ne se laissent pas corrompre par le *virus* d'une sotte et néfaste infatuation nationale ! Encore faut-il que vous, Allemands, vous sachiez dire et prouver si vous êtes partisans de l'Allemagne orgueilleuse, provocatrice, et violente? ou d'une Allemagne libérale, juste et humaine, de l'Allemagne de Bismarck, ou de l'Allemagne de Beethoven et de Kant? Car, quoi que l'on en dise, telle est bien la question qui se pose pour vous et à votre sujet, et il vous faut choisir !

« Nous rappelions tout à l'heure l'opinion de votre compatriote et contemporain Niestche sur les dangers de votre « Kultur » prussienne pour la civilisation mondiale. Veuillez bien, aussi, ô Allemands ! méditer l'avertissement, souvent cité, de votre grand Gœthe :

« Maudit soit celui qui, suivant des conseils trompeurs et avec une audace impudente, fait aujourd'hui comme Allemand ce que faisait le « Corse français ». Puisse-il sentir le soir et le matin qu'il est une justice éternelle ! Et puissent, en dépit de ses efforts et de sa violence, les événements le confondre, lui et les siens ! »

---

(1) D'après les dernières révélations de M. de Schebeko, ancien ambassadeur de Russie à Vienne, confirmant d'ailleurs celles du *Livre-Jaune*, « toute la responsabilité de la guerre actuelle incombe au comte Tschirscky, ambassadeur d'Allemagne a Vienne, et a son inspirateur immédiat Le Kaiser ! » (Les journaux du 4 décembre.)

DOCUMENTS ANNEXES

DOCUMENTS ALLEMANDS

A) LEUR DÉFENSE

[En premier lieu — à tous seigneurs tout honneur — le fameux *Appel* dont la réputation n'est plus à faire. Les manifestes qui suivent, quoique moins connus, ne méritent pas moins de retenir l'attention. L'unanimité des sentiments qui les caractérise serait, malgré tout, à notre avis, une preuve de leur relative sincérité, sinon de leur sens critique et de leur vrai libéralisme.]

L' « *Appel aux Nations civilisées* ».

[Adressé par les chefs intellectuels de l'Allemagne, les *Kulturträger*, au début d'octobre, aux journaux du monde entier.]

« En qualité de représentants de la science et de l'art allemands, nous soussignés protestons solennellement devant le monde civilisé contre les mensonges et les calomnies dont nos ennemis tentent de salir la juste et bonne cause de l'Allemagne dans la terrible lutte qui nous a été imposée et qui ne menace rien moins que notre existence. La marche des événements s'est chargée de réfuter cette propagande mensongère qui n'annonçait que des défaites allemandes. Mais on n'en travaille qu'avec plus d'ardeur à dénaturer la vérité et à nous rendre odieux. C'est contre ces machinations que nous protestons à haute voix : et cette voix est la voix de la vérité.

» *Il n'est pas vrai* que l'Allemagne ait provoqué cette guerre. Ni le peuple, ni le gouvernement, ni l'empereur allemand ne l'ont voulue. Jusqu'au dernier moment, jusqu'aux limites du possible, l'Allemagne a lutté pour le maintien de la paix. Le monde entier n'a qu'à juger d'après les preuves que lui fournissent les documents authentiques. Maintes fois pendant son règne de vingt-six ans, Guillaume II a sauvegardé la paix, fait que maintes fois nos ennemis mêmes ont reconnu. Ils oublient que cet empereur qu'ils osent comparer à Attila a été pendant de longues années l'objet de leurs railleries provoquées par son amour inébranlable de la paix. Ce n'est qu'au moment où il fut menacé d'abord et attaqué ensuite par trois grandes puissances en embuscade, que notre peuple s'est levé comme un seul homme.

» *Il n'est pas vrai* que nous ayons violé criminellement la neutralité de la Belgique. Nous avons la preuve irrécusable que la France et l'Angleterre, sûres de la connivence de la Belgique, étaient résolues à violer elles-mêmes cette neutralité. De la part de notre patrie, c'eût été commettre un suicide que de ne pas prendre les devants.

» *Il n'est pas vrai* que nos soldats aient porté atteinte à la vie ou aux biens d'un seul citoyen belge sans y avoir été forcés par la dure nécessité d'une défense légitime. Car, en dépit de nos avertissements, la population n'a cessé de tirer traîtreusement sur nos troupes, a mutilé des blessés et a égorgé des médecins dans l'exercice de leur profession charitable. On ne saurait commettre d'infamie plus grande que de passer sous silence les atrocités de ces assassins et d'imputer à crime aux Allemands la juste punition qu'ils se sont vus forcés d'infliger à des bandits.

» *Il n'est pas vrai* que nos troupes aient brutalement détruit Louvain. Perfidement assaillis dans leurs cantonnements par une population en fureur, ils ont dû, bien à contre-cœur, user de représailles et canonner une partie de la ville. La plus grande partie de Louvain est restée intacte. Le célèbre hôtel de ville est entièrement conservé : au péril de leur vie, nos soldats l'ont protégé contre les flammes. — Si, dans cette guerre terrible, des œuvres d'art ont été détruites ou l'étaient un jour, voilà ce que tout Allemand déplorera certainement. Tout en contestant d'être inférieurs à aucune autre nation dans notre amour de l'art, nous refusons énergiquement d'acheter la conservation d'une œuvre d'art au prix d'une défaite de nos armes.

› *Il n'est pas vrai* que nous fassions la guerre au mépris du droit des gens. Nos soldats ne commettent ni actes d'indiscipline ni cruautés. En revanche, dans l'est de notre patrie la terre boit le sang des femmes et des enfants massacrés par les hordes russes, et sur les champs de bataille de l'Oise, les projectiles dums-dums de nos adversaires déchirent les poitrines de nos braves soldats. Ceux qui s'allient aux Russes et aux Serbes, et qui ne craignent pas d'exciter des mongols et des nègres contre la race blanche, offrant ainsi au monde civilisé le spectacle le plus honteux qu'on puisse imaginer, sont certainement les derniers qui aient le droit de prétendre au rôle de défenseurs de la civilisation européenne.

› *Il n'est pas vrai* que la lutte contre ce qu'on appelle notre militarisme ne soit pas dirigée contre notre culture, comme le prétendent nos hypocrites ennemis. Sans notre militarisme, notre civilisation serait anéantie depuis longtemps. C'est pour la protéger que ce militarisme est né dans notre pays, exposé comme nul autre à des invasions qui se sont renouvelées de siècle en siècle. L'armée allemande et le peuple allemand ne font qu'un. C'est dans ce sentiment d'union que fraternisent aujourd'hui 40 millions d'habitants sans distinction de culture, de classe ni de parti.

› Le mensonge est l'arme empoisonnée que nous ne pouvons arracher des mains de nos ennemis. Nous ne pouvons que déclarer à haute voix devant le monde entier qu'ils rendent faux témoignage contre nous. A vous qui nous connaissez et qui avez été, comme nous, les gardiens des biens les plus précieux de l'humanité, nous crions :

› Croyez-nous ! Croyez que dans cette lutte nous irons jusqu'au bout en peuple civilisé, en peuple auquel l'héritage d'un Gœthe, d'un Beethoven et d'un Kant est aussi sacré que son sol et son foyer. Nous vous en répondons sur notre nom et sur notre honneur. »

Ont signé :
Adolf von Beeyer, Excellence, professeur de chimie à Munich.
Professeur Peter Behrens, à Berlin.
Emil von Behring, Excellence, professeur de médecine à Marbourg.
Wilhelm von Bode, Excellence, directeur général des musées royaux de Berlin.
Aloîs Brandl, professeur, président de la société Shakespeare à Berlin.
Lujo Brentano, professeur d'économie nationale à Munich.
Professeur Justus Brinkmann, directeur du musée de Hambourg.
Johannès-Ernst Conrad, professeur d'économie nationale à Halle.
Franz von Defregger, à Munich.
Richard Dehmel, à Hambourg.
Adolf Deissmann, professeur de théologie protestante à Berlin.
Professeur Friedrich-Wilhelm Dœrpfeld, à Berlin.
Friedrich von Duhn, professeur d'archéologie à Heidelberg.
Professeur Paul Ehrlich, Excellence, à Francfort-sur-le-Mein.
Albert Ehrhard, professeur de théologie catholique à Strasbourg.
Carl Engler, Excellence, professeur de chimie à Carlsruhe.
Gerhart Esser, professeur de théologie catholique à Berlin.
Rudolf Eucken, professeur de philosophie à Iéna.
Herbert Eulenberg, à Kaiserswerth.
Heinrich Finke, professeur d'histoire à Fribourg.
Emil Fischer, Excellence, professeur de chimie à Berlin.
Wilhelm Fœrster, professeur d'astronomie à Berlin.
Ludwig Fulda, à Berlin.
Eduard von Gebhardt, à Dusseldorf.
J.-J. de Groot, professeur d'ethnographie à Berlin.
Fritz Haber, professeur de chimie à Berlin.
Ernst Hæckel, Excellence, professeur de zoologie à Iéna.
Max Halbe, à Munich.
Professeur Gustav-Adolf von Harnack, directeur général de la bibliothèque royale de Berlin.
Gerhart Hauptmann, à Agnetendorf.
Karl Hauptmann (Schreiberbau).
Gustav Hellmann, professeur de météorologie.
Wilhelm Herrmann, professeur de théologie protestante à Marbourg.
Andreas Heusler, professeur de philosophie norvégienne.
Adolf von Hildebrand, à Munich.

Ludwig Hoffmann, architecte municipal à Berlin.
Engelbert Humperdinck, à Berlin.
Léopold, comte Kalckreuth, président de la Ligue allemande des artistes, à Eddelsen.
Arthur Kampf, à Berlin.
Fritz-August von Kaulbach, à Munich.
Theodor Kipp, professeur de jurisprudence à Berlin.
Félix Klein, professeur de mathématiques à Gœttingue.
Max Klinger, à Leipzig.
Alois Knœpfler, professeur d'histoire ecclésiastique à Munich.
Anton Koch, professeur de théologie catholique à Tubingue.
Paul Laband, Excellence, professeur de jurisprudence à Strasbourg.
Karl Lamprecht, professeur d'histoire à Leipzig.
Philipp Lenard, professeur de physique à Heidelberg.
Maximilian Lenz, professeur d'histoire à Hambourg.
Max Liebermann, à Berlin.
Franz von Listz, professeur de jurisprudence à Berlin.
Ludwig Manzel, président de l'Académie des Arts de Berlin.
Joseph Mausbach, professeur de théologie catholique à Munster.
Georg von Mayr, professeur de sciences politiques à Munich.
Sebastian Merkle, professeur de théologie catholique à Wurtzbourg.
Eduard Meyer, professeur d'histoire à Berlin.
Heinrich Morf, professeur de philologie romane à Berlin.
Friedrich Naumann, à Berlin.
Albert Neisser, professeur de médecine à Breslau.
Walter Nernst, professeur de physique à Berlin.
Wilhelm Ostwald, professeur de chimie à Leipzig.
Bruno Paul, directeur de l'Ecole d'art industriel de Berlin.
Max Planck, professeur de physique à Berlin.
Albert Plohn, professeur de médecine à Berlin.
Georg Reicke, à Berlin.
Professeur Max Reinhardt, directeur du Théâtre-Allemand à Berlin.
Aloîs Riehl, professeur de philosophie à Berlin.
Karl Robert, professeur d'archéologie à Halle.
Wilhelm Rœntgen, Excellence, professeur de physique à Munich.
Max Rubner, professeur de physique à Berlin.
Fritz Schaper, à Berlin.
Adolf von Schlatter, professeur de théologie protestante à Tubingue.
August Schmidlin, professeur d'histoire ecclésiastique à Munster.
Gustav von Schmoller, Excellence, professeur d'économie nationale à Berlin.
Reinhold Seeberg, professeur de théologie protestante à Berlin.
Martin Spahn, professeur d'histoire à Strasbourg.
Franz von Stuck, à Munich.
Hermann Sudermann, à Berlin.
Hans Thomas, à Carlsruhe.
Wilhelm Trubner, à Carlsruhe.
Karl Vollmœller, à Stuttgart.
Richard Voss (Berchtesgaden).
Karl Vossler, professeur de philologie romane à Munich.
Siegfried Wagner, à Bayreuth.
Wilhelm Waldeyer, professeur d'anatomie à Berlin.
August von Wassermann, professeur de médecine à Berlin.
Félix von Weingartner.
Théodor Wiegand, directeur du musée de Berlin.
Wilhelm Wien, professeur de physique à Wurtzbourg.
Ulrich von Wilamowitz-Mœllendorff, Excellence, professeur de philologie à Berlin.
Richard Willstæter, professeur de chimie à Berlin.
Wilhelm Windelband, professeur de philosophie à Heidelberg.
Wilhelm Wundt, Excellence, professeur de philosophie à Leipzig.

[A la suite de cette protestation, une ligue a été fondée à Berlin, qui a pris le nom de « Kulturbund » (Ligue de la civilisation). Son objet est de répandre dans les pays neutres, par l'intermédiaire des amis et des associés étrangers du « Kulturbund », des nouvelles sur la guerre, favorables à l'Allemagne.
Cette ligue comprend la plupart des signataires déjà connus du premier manifeste des intellectuels, avec, comme président, le professeur Waldeyer, de Berlin, qui a soixante-dix-huit ans. (*Le Matin*, 29 octobre.)]

Le Manifeste de vingt-deux Universités allemandes.

[Adressé par vingt-deux universités allemandes aux universités étrangères pour protester contre les « accusations dont l'Allemagne est l'objet à cette heure. »]

« Vous tous, qui savez que notre armée n'est point une armée de mercenaires, qu'elle comprend toute la nation, du premier au dernier homme, qu'elle est conduite par les meilleurs fils du pays, qu'à cette heure des milliers de professeurs et d'élèves tombent comme officiers ou soldats sur les champs de bataille de France ou de Russie ; vous tous qui avez lu et entendu en quel esprit et avec quel succès la jeunesse est chez nous instruite et élevée, qui savez combien nous inculquons le respect et l'admiration des chefs-d'œuvre de l'esprit humain, quel que soit le pays auquel ils appartiennent, nous vous prions d'être nos témoins et de dire si ce que nos ennemis rapportent est vrai, et s'il est exact que l'armée allemande soit une horde de barbares et une bande d'incendiaires qui trouvent plaisir à tuer les innocents, à détruire les villages et les monuments d'art et d'histoire ; et si vous voulez rendre honneur à la vérité, vous serez convaincus avec nous que là où les troupes allemandes durent accomplir une œuvre de destruction, elles cédèrent aux impitoyables lois de la défense dans le combat.

» A tous ceux qui lisent les rapports mensongers de nos ennemis et qui ne sont pas encore complètement aveuglés par la passion, nous adressons une pressante prière. Au nom de la vérité et de la justice, nous vous supplions de fermer les oreilles à ces insultes adressées au peuple allemand, et de ne point vous laisser dicter vos jugements par ceux qui espèrent vaincre par le mensonge.

» Si dans cette terrible guerre, dans laquelle notre peuple ne lutte pas seulement pour sa puissance, mais pour son existence et toute sa civilisation, l'œuvre de destruction devait être plus grande que dans la guerre précédente, et si les trésors d'art devenaient la proie de la fatalité destructive, il ne faut pas oublier que la responsabilité de cette calamité incombe tout entière à ceux qui ne se contentèrent point de déchaîner cette guerre abominable, mais encore n'hésitèrent pas à donner des armes à la population pacifique pour qu'elle tende des embûches à nos troupes confiantes, contre toutes les lois de la guerre et les coutumes des peuples civilisés.

» Ils sont les seuls et uniques coupables : si les biens des civilisations souffrent des dommages durables, ce sont ces hommes qu'atteindra la malédiction de l'histoire. »

[Ce manifeste porte les signatures des recteurs des universités de Tubingue, Berlin, Bonn, Breslau, Erlangen, Francfort, Fribourg, Goessen, Gœttingue, Greitswald, Halle, Heidelberg, Iéna, Kiel, Kœnigsberg, Leipzig, Marburg, Munster, Rostock, Strasbourg et Wuerzburg.]

Manifeste des Professeurs des Universités et Écoles supérieures d'Allemagne.

[Publié dans la presse allemande par les professeurs de toutes les universités et écoles supérieures d'Allemagne « pour affirmer l'union étroite de la science allemande et du militarisme prussien. »]

« Nous autres, professeurs dans les universités et écoles supérieures d'Allemagne, nous servons la cause de la science et faisons œuvre de paix. Nous sommes toutefois indignés de voir que les ennemis de l'Allemagne, l'Angleterre en tête, s'efforcent de créer à notre désavantage une opposition entre l'esprit de la science allemande et ce qu'ils nomment le militarisme prussien. L'esprit qui règne dans l'armée allemande est le même qui règne dans le peuple allemand. Notre armée est à l'école de la science et lui doit plusieurs de ses perfectionnements. Le service militaire forme notre jeunesse pour tous les travaux de la paix et aussi pour ceux de la science. Le service militaire est, pour les jeunes gens, une école de devoir et d'abnégation. Il leur enseigne la conscience de leur dignité et le sentiment de l'honneur que possède tout homme vraiment libre qui volontairement se subordonne à des intérêts supérieurs. Cet esprit ne vit pas seulement en Prusse, mais aussi dans toutes les régions de l'empire allemand. Il est le même en temps de guerre comme en temps de paix. A cette heure, notre armée combat pour la liberté de l'Allemagne et en même temps pour tous les bienfaits de la civilisation et de la paix. Nous sommes convaincus que le salut de toute la civilisation européenne est dans la victoire que remportera le « militarisme » allemand, c'est-à-dire la discipline, la fidélité et l'esprit de sacrifice du peuple allemand, libre et uni. »

Dans le monde religieux.

[Après le monde de la science, celui de la religion. Ici encore la guerre actuelle sépare en camps ennemis ceux-là mêmes qui croyaient pouvoir trouver dans une commune foi religieuse un terrain d'entente au-dessus des divergences humaines. Voici, dans cet ordre d'idées, deux séries de documents qui ont leur place tout indiquée à côté des manifestes précédents].

a) Entre Pasteurs.

[Le vénérable pasteur Babut, de Nîmes, obéissant à une injonction de sa foi et de ses sentiments chrétiens et désireux de remplir un engagement pris par lui bien des années auparavant, avait adressé, *avant le début des hostilités*, une lettre et un projet de déclaration à M. Dryander, pasteur de la cour de Berlin, qui avait été jadis son hôte à Nîmes.

Nous reproduisons ici sans commentaires le projet de M. Babut... et la surprenante réponse de M. Dryander.]

Projet de déclaration de M. Babut

« Les soussignés, chrétiens d'Allemagne, d'Angleterre, d'Autriche, de France, de Russie, de Belgique et de Serbie, émus et affligés du conflit qui désole et ensanglante l'Europe, déclarent :

1° Que, prolondément attachés à leurs patries respectives, ils ne veulent rien faire, ni dire, qui ne soit en harmonie avec le sincère et ardent patriotisme qui les anime ;

2° Mais qu'en même temps ils ne peuvent oublier, ni méconnaître, que Dieu est le Dieu de toutes les nations et le Père de tous les hommes ; que Jésus-Christ est le Sauveur de tous, qu'il a commandé aux siens de se regarder et de s'aimer comme des frères et que sur le terrain de la foi évangélique il n'y a plus, comme l'affirme saint Paul, juif et grec, barbare et scythe — et par conséquent il n'y a plus Allemand et Français, Autrichien et Russe, mais Christ est toutes choses en tous.

» En conséquence : ils s'engagent, sous le regard et avec l'aide de Dieu, à bannir de leurs cœurs toute haine pour ceux qu'ils sont obligés d'appeler momentanément des ennemis et de leur faire du bien si l'occasion leur est offerte ; à employer toute l'influence dont ils peuvent disposer pour que la guerre soit conduite avec autant d'humanité que possible, pour que le vainqueur quel qu'il soit n'abuse pas de sa force, pour que les personnes et les droits des faibles soient respectés ; à continuer à aimer d'un amour fraternel leurs frères en la foi, à quelque nationalité qu'ils appartiennent, à prier Dieu pour toutes les victimes de la guerre sans distinction, à lui demander avec instance qu'il fasse bientôt succéder aux horreurs de la guerre les bienfaits d'une paix juste et définitive et qu'il fasse tourner à l'avancement de son règne les malheureux et cruels événements auxquels nous assistons. »

Réponse de M. Dryander

(Publiée dans la *Norddeutsche Allgemeine Zeitung*.)

Berlin, le 15 septembre 1914.

« Très honoré Monsieur et cher frère,

» Point n'était besoin de nombreuses paroles pour me rappeler le séjour que j'ai fait à Nîmes pendant l'hiver de 1869 à 1870 et l'accueil quotidien que j'ai trouvé alors dans votre maison hospitalière. Vous-même, vos prédications, vos conférences à Montauban, votre cercle de famille, tout cela est vivant dans mon cœur et chacun de ces souvenirs est imprégné de gratitude... C'est en reconnaissance de l'amour fraternel dont j'ai si richement bénéficié en France que, depuis, en ma qualité de directeur du *Domkandidatenstift*, j'ai régulièrement ouvert ma maison aux jeunes théologiens français étudiant à Berlin.

» Aujourd'hui, vous venez à moi avec un appel qui s'adresse également au cœur et à la conscience. Votre personnalité, la pureté de vos intentions à laquelle je rends pleinement hommage, le tact persuasif avec lequel vous me le présentez, donnent à cet appel une importance toute particulière. Aussi n'ai-je pas pensé pouvoir vous donner, d'après mes seules réflexions et ma décision personnelle, la réponse que vous attendez de moi. J'ai soumis votre déclaration et votre lettre à l'examen approfondi et attentif de deux amis dont le sérieux chrétien et la clarté de jugement me sont connus et qui jouissent dans notre Eglise d'une considération et d'une influence très étendues. Sur ma demande, ils se sont déclarés prêts à signer avec moi cette réponse.

» Notre avis vous viendra ainsi de la bouche de trois témoins. Mais il me sera permis d'ajouter que, dans le clergé de nos églises nationales allemandes, comme parmi les chrétiens cultivés de notre pays, vous trouveriez difficilement un seul homme dont le jugement différât sensiblement du nôtre, à part, peut-être, quelques très rares exceptions.

» J'aurais bien aimé vous faire tenir ma réponse plus tôt, mais vu l'irrégularité des correspondances postales, je n'ai reçu votre lettre que près d'un mois après son envoi, et j'ai lieu de craindre aussi que celle-ci ne vous arrive avec beaucoup de retard.

» Après ce préambule, permettez-moi d'user de la première personne du pluriel, et, au sujet de la déclaration que vous nous soumettez, de vous répondre comme suit :

» Nous donnons volontiers notre assentiment aux propositions 1 et 2. Elles font partie du patrimoine commun à tous les chrétiens. Patriotisme et christianisme ne s'excluent pas, ils s'impliquent au contraire réciproquement : celui-ci doit épurer et sanctifier celui-là ; les différences nationales doivent contribuer à l'harmonie du royaume de Dieu.

» *Nous ne pouvons par contre donner notre adhésion aux conclusions que vous faites découler de ces prémisses. (C'est nous qui soulignons ! — Réd.)* Ce n'est pas que nous voulions les repousser ou que nous nous en sentions libres. Ce sont en somme des conséquences qui dérivent tout naturellement des propositions fondamentales contenues dans votre déclaration. Sous cette forme, ou sous une autre analogue, nous nous les approprions ; nous ne nous bornons pas à les affirmer, nous les prêchons, nous les répandons de tout notre pouvoir, quoique les circonstances présentes nous rendent extraordinairement malaisé de le faire et qu'il nous soit difficile à nous-mêmes de les faire valoir dans toute leur force.

» Néanmoins, il nous est tout à fait impossible de donner en ce moment à ces propositions un assentiment qui fasse d'elles un engagement pour nous-mêmes et une exhortation pour autrui. Cela dit en laissant de côté la question de savoir si la démarche que vous nous proposez aurait une utilité quelconque. Nous les rejetons parce qu'il ne doit pas y avoir *la plus lointaine apparence (Souligné dans le texte)* que, d'après nous, on ait besoin en Allemagne d'un avertissement ou d'un effort quelconque pour que la guerre soit conduite en accord avec ses principes chrétiens et suivant les exigences de la miséricorde et de l'humanité (! *Réd.*) Pour notre peuple tout entier comme pour notre état-major, il va de soi que la lutte ne doit être conduite qu'entre soldats, en épargnant soigneusement les gens sans défense et les faibles, et en prenant soin des blessés et des malades sans distinction (!) Nous sommes convaincus, en pleine connaissance de cause, que cette règle est celle de notre armée tout entière, qu'on y combat avec une maîtrise de soi, une conscience et une douceur dont l'histoire universelle n'offre peut-être pas d'exemple jusqu'ici (!!) Nulle part nous n'avons comme les incendiaires russes, détruit des villages et des villes paisibles, en martyrisant les habitants ou en les fusillant sans raison (!) Quand l'inqualifiable conduite de populations odieusement égarées par leurs gouvernements a rendu indispensables la destruction des propriétés privées ou l'exécution de francs-tireurs, nos chefs ont considéré cela comme un pénible devoir qui les obligeait à faire souffrir aussi des innocents pour préserver nos blessés, nos médecins, nos infirmières d'attaques scélérates. Nous n'avons pas employé ces balles dum-dum dont on a confisqué à Longwy et à Maubeuge des dépôts entiers soigneusement empaquetés dans leurs enveloppes originales et officielles, prêts à être distribués aux troupes et qu'on a trouvées sur les champs de bataille par milliers entre les mains des Français et des Anglais (??) *Notre Empereur lui-même (Nous soulignons !)* a mis au jour cette honte et le fait est indiscutable (!!)

» Nous pourrions en dire plus long sur ce chapitre, mais nous nous en abstenons. Certes, une protestation de la conscience chrétienne s'impose ici. Mais ce n'est pas à nous à la faire entendre, comme si notre peuple et notre armée étaient en cause. C'est le devoir des peuples sur lesquels pèse cette honte. Puissent les chrétiens n'y pas manquer !

» Ceci nous amène à la principale raison pour laquelle il nous est impossible de signer votre déclaration. Pardonnez-nous si, en l'exposant, il nous échappe des mots qui vous sont personnellement douloureux.

» *Depuis l'Empereur jusqu'au plus modeste journalier, on n'aurait pas trouvé en Allemagne cent hommes conscients (Nous soulignons !)* qui — je ne dis pas cherchassent, mais voulussent la guerre avec nos voisins. Nous sommes, nous autres Allemands, le peuple le plus ami de la paix qui soit, et aujourd'hui encore nous n'aspirons à rien autre qu'à conserver et à augmenter à notre empire ce que Guillaume Ier appelait les bienfaits et les bénédictions de la paix (!) Jusqu'au dernier moment, alors que déjà les filets d'une coalition sacrilège des peuples et des intérêts les plus disparates se resserraient sur nous (!) l'Empereur et le Chancelier ont poussé jusqu'aux dernières limites imaginables leurs efforts pour le maintien de la paix (!!) Nous vous soumettons les explications de notre Chancelier ; elles sont, dans leur claire et simple vérité, grandioses (!) Et, en hommes qui avons été assez près des acteurs et des événements pour porter un jugement assuré, nous affirmons que ces explications renferment, selon notre conviction, la vérité ; des publications anglaises les ont d'ailleurs confirmées depuis lors (?) Ainsi nous ressemblions, nous autres Allemands, à un homme paisible qui serait assailli en même temps par trois hyènes altérées de sang (!) Que si hypocritement l'Angleterre nous reproche la violation brutale de la neutralité belge, la réponse à ce prétexte cousu de fil blanc va de soi ; quand on lutte pour sa vie, on ne se demande pas si l'on enfonce dans le combat le portail de son voisin. L'histoire dira jusqu'à quel point cette neutralité avait déjà été violée par d'autres ; après ce qui a déjà été mis au jour, notamment après le rapport du ministre belge à Saint-Pétersbourg, on peut être certain que la France n'aurait pas respecté cette neutralité. Nous renonçons à critiquer ici la politique de brigands mongolo-asiatiques, des Russes, de même que cette soif de revanche, qui, entretenue malgré toutes les tentatives de rapprochement que nous avons faites, a poussé la France à une alliance contre nature. Mais, il faut que nous le disions, en face de la politique de l'Angleterre et de ses représentants, nous ne pouvons éprouver qu'un sentiment de profonde colère et de mépris. Ils avaient le moyen d'empêcher la guerre (!!!). Sans même l'apparence d'une raison idéale, par seul amour du penny, *ils sont, comme un assassin, tombés dans le dos* (!!!) d'une nation que la communauté de race, de foi et de culture unissait à la leur ; ils ont foulé aux pieds leur dignité morale jusqu'à exciter au pillage les païens japonais et à amener en bataille contre nous des nègres d'Afrique... (!!)

» Si nous devions en notre qualité d'Allemands signer une déclaration comme celle que vous nous proposez, ce ne pourrait être qu'après que les chrétiens anglais, français et russes auraient d'abord flétri publiquement l'infamie de l'attaque, le crime sacrilège qui seul a rendu cette guerre possible. Quelques professeurs anglais l'ont fait (?) Mais nous n'avons rien appris de semblable de nos amis d'Angleterre, dont nous mettons très haut la personnalité chrétienne et avec lesquels, depuis des années, dans le Comité ecclésiastique, nous travaillions à l'entente et au rapprochement des nations ; nous avons cependant des raisons de croire qu'ils ne sont pas en accord absolu avec la politique de leur ministre. Mais tant que les chrétiens des pays avec lesquels nous sommes en guerre n'ont pas protesté contre la politique de leurs ministres que nous tenons pour criminelle, nous ne sommes pas en état de faire avec eux acte de communion fraternelle pour adresser ensemble aux nations des requêtes et des avertissements.

Une chose encore. En face d'un monde d'ennemis, nous avons prouvé que nous étions sans peur. Quand un peuple offre le spectacle d'une unité sans exemple, d'un enthousiasme qui arrache des larmes, d'un amour qui unit toutes les classes, d'un élan de foi qui nous émerveille, d'une force morale et d'une décision qui sacrifient tout, il est invincible, c'est notre ferme conviction. Nous combattons pour notre existence, aussi combattrons-nous tant que nous existerons.

Cependant il est un ennemi en face duquel nous sommes désarmés, la puissance inouïe du mensonge sous des formes tantôt ridicules, tantôt méchantes, mais qui toujours nous calomnie, nous abaisse, nous déshonore (!) Si nous devons élever la voix en notre qualité de chrétiens au nom de la charité de notre Sauveur, ce ne peut être qu'à la condition que nos frères chrétiens luttent au nom du même maître pour la vérité et contre le mensonge et qu'ils protestent contre les honteuses tromperies (!) qui cherchent à égarer l'opinion publique et à remplir contre l'Allemagne d'une haine sans cause, dont pâtissent des innocents. Ici encore il nous faut le dire : signer votre déclaration, à moins d'une énergique action de ce genre, ce serait de notre part renoncer à notre honneur chrétien et à notre dignité morale.

Nous comprenons les sentiments douloureux que doivent éprouver les patriotes français en voyant s'évanouir les espérances qu'ils avaient conçues, au commencement de la guerre. Nous respectons leur chagrin (!!) Nous apprécions aussi les efforts que font l'état-major français pour cacher le plus longtemps possible les pertes subies, et le gouvernement de la France pour présenter les choses d'une manière conforme aux intérêts de la nation. Nous croyons devoir pourtant, pour justifier notre attitude, joindre à cette lettre quelques déclarations officielles de notre gouvernement qui font voir la situation sous son vrai jour (!!) Peut-être contribueront-elles à vous éclairer et à vous faire comprendre notre façon de penser.

Vous aurez été peiné, très honoré Monsieur et cher frère, par la manière dont nous avons motivé notre refus. Nous regrettons de n'avoir pu vous épargner ces impressions douloureuses. Mais nous tenons encore à ajouter quelque chose. Notre sainte colère et la condamnation morale que nous portons devant Dieu sur la politique de nos ennemis s'adressent aux peuples et aux gouvernements. Quelle part de responsabilité incombe à chacun des membres de la nation. Dieu seul le sait. Mais de par la loi de la solidarité, chacun porte la faute de son peuple et les conséquences de cette faute, comme il aurait part à l'honneur de son pays. Rien ne nous empêche pourtant de dire que nous considérons tous les hommes comme des frères en Christ, à quelque nation qu'ils appartiennent, et que nous les traiterions comme tels, si l'occasion s'en présentait. C'est ce qui nous est arrivé déjà avec des Anglais et des Russes, et ils nous en ont remercié.

Pour nous aussi, c'est un devoir de conscience de prier pour nos ennemis, et si nous implorons le triomphe de notre juste cause, nous ne le faisons pas sans la contrition qui convient à l'homme pécheur et qui nous fait voir et adorer, derrière les crimes et les scélératesses des hommes qui nous ont imposé cette guerre, la main puissante de Dieu qui juge. Nous prions pour nous et pour les autres, afin que, de ce terrible incendie dans lequel notre nation plus que toute autre sacrifie ce qu'elle a de meilleur et de plus précieux, la fleur de sa jeunesse et la force de ses hommes mûrs, de cette douleur universelle qui désole foyer après foyer, de tout cela sorte un nouveau peuple, une nouvelle humanité qui servira Dieu dans la justice. Que le Seigneur nous accorde de voir luire l'aube de ce jour, et que son règne vienne, en nous et par nous !

Nous vous autorisons à faire de cette lettre l'usage qui vous semblera bon. (*Nous avons profité de l'autorisation ! — Réd.*)

Unis à vous en Jésus-Christ, nous vous tendons une main fraternelle.

(*Signé*) Dr th. Ernst DRYANDER.
Premier prédicateur de la Cour.
Vice-Président du Conseil Ecclésiastique supérieur

Dr th. LAHUSEN.
Generalsuperintendent de Berlin.

Lic. th. K. AXENFELD.
Directeur de la Mission berlinoise.

[Que dire de cette lettre, d'une belle tenue littéraire, et, à notre avis, d'une bonne foi presque évidente, mais dont chaque ligne à peu près provoque nos plus véhémentes protestations ! Que direz-vous vous-mêmes de votre lettre, honorable M. Dryander, le jour où, en historien impartial, vous pourrez rapprocher de la lecture de votre *Livre Blanc* celles des *Livres Bleu, Gris, Orange* et *Jaune* des autres nations !]

b) Manifeste des « Chrétiens protestants » d'Allemagne aux « Chrétiens protestants » de l'étranger

(Analyse et commentaires de *la Semaine religieuse de Genève* du 26 septembre.)

Sous ce titre : « *Aux chrétiens protestants de l'étranger* », le Bureau de la *Deutsche Evangelische Missions-Hilfe*, de Berlin, a publié au mois d'août un Manifeste signé par une trentaine de pasteurs, de professeurs, de surintendants généraux, de directeurs d'œuvres missionnaires, de laïques actifs et zélés, habitant différentes parties de l'Allemagne et représentant des tendances doctrinales assez diverses. Ces signataires sont MM. K. et Th. Axenfeld, M. Berner, H. de Bezzel, F. de Bodelschwingh, Ad. Deissmann, E. Dryander, R. Eucken, Ad. de Harnack. G. Haussleiter, P.-O. Hennig, W. Herrmann, Th. Kaftan, F. Lahusen, P. Le Seur, F. Loofs, C. Meinhof, C. Mirbt, Ed. de Neufville, C. Paul, W. de Pechmann, Jul. Richter, M. Schinckel, A.-W. Schreiber, F.-A. Spiecker, J. Spiecker, J. Warneck, G. Wobbermin et W. Wundt. Il s'agit donc de personnalités éminentes et jouissant d'une considération méritée. C'est ce qui nous détermine à donner ici un résumé, aussi objectif que possible, de ce document, qu'un ami nous a adressé à la prière de l'ambassade allemande de Berne.

Le Manifeste déplore d'abord la guerre qui a éclaté entre les nations de l'Europe au moment où la chrétienté commençait à gagner de l'influence sur le monde païen. Il croit pouvoir dénoncer l'existence d'un « tissu systématique de mensonges » au moyen duquel on cherche indûment, à l'étranger, à rejeter la responsabilité de cette guerre sur l'Allemagne, en allant jusqu'à contester à l'empereur Guillaume le droit d'invoquer le secours de Dieu en faveur de son armée. Devant être connus, à l'étranger, comme des hommes qui désirent la diffusion de l'Evangile dans le monde et le progrès de la fraternité entre les chrétiens des divers peuples, les signataires éprou-

vent, dans cette occasion si grave, le besoin pressant de « rendre leur témoignage »
en faveur de leur nation.

Ils affirment donc que l'Allemagne a maintenu la paix pendant quarante-trois ans,
s'efforçant d'écarter ou de limiter les conflits qui survenaient ailleurs dans le monde ;
qu'elle a travaillé à son propre développement sans vouloir gêner personne autour
d'elle ; que, si elle a revendiqué et obtenu une petite part dans la colonisation des
continents autres que l'Europe, elle n'a marché sur les pieds d'aucune autre nation ;
enfin que, si elle a récemment tiré l'épée, c'est qu'elle y a été absolument contrainte
par la nécessité de se défendre contre les attaques criminelles, ce qui serait rendu
manifeste par l'enthousiasme unanime avec lequel ses ressortissants de tout parti
et de toute croyance se sont groupés autour de son drapeau (Ce phénomène s'est
pourtant produit aussi en France, en Russie et en Angleterre, pays où l'on est également persuadé qu'on se défend contre des agresseurs).

Vient ici l'interprétation spéciale des événements du mois d'août que nous pouvons
lire dans tous les journaux allemands et dans une partie des feuilles de la Suisse
allemande, mais dont les organes des pays latins et de l'Angleterre contestent absolument l'exactitude ou la justesse. Les signataires concluent de leur exposé que,
placée en face d'un monde tout entier armé contre elle, l'Allemagne devait défendre
son existence, sa culture et son honneur également menacés. Ses adversaires, disent-
ils, ne seront retenus par aucun scrupule s'ils peuvent, en anéantissant son empire,
retirer de ce fait quelque avantage, que ce soit un territoire, une colonie, ou une part
de son commerce. Mais, en s'appuyant sur l'aide de Dieu, les Allemands marchent
en avant sans crainte de la mort, prêts à tout sacrifier pour leur patrie et pour leur
liberté.

Ici se place un petit alinéa sur la Belgique, alinéa que nous croyons devoir traduire
mot à mot : « La surexcitation compréhensible d'un peuple dont la neutralité, déjà
violée par l'autre partie, n'a pu être préservée par l'Allemagne, vu la contrainte
d'une nécessité inéluctable, n'excuse pas des actes inhumains et ne diminue pas la
honte résultant du fait que ces actes ont pu être commis sur un ancien sol chrétien. »
Nous n'avons pas bien compris si cette phrase devait être interprétée comme une
confession ou comme une accusation, en d'autres termes, si les « actes inhumains »
que les signataires déclarent avoir été inexcusables, ce sont ceux que les Belges
imputent aux Allemands ou ceux que les Allemands imputent aux Belges. Peut-être
le vague de ce passage est-il intentionnel.

En tout cas, dans le paragraphe suivant, ce sont les adversaires des Allemands qui
paraissent mériter seuls le soupçon d'avoir commis des cruautés. « Des atrocités
sans nom, dit le Manifeste, ont été commises envers des Allemands vivant en paix
à l'étranger, contre des femmes et des enfants, contre des blessés et des médecins :
cruautés et abominations qu'on n'avait pas encore vues dans telle guerre conduite
par des païens ou des mahométans. » (On sait que les Français, les Russes et leurs
alliés adressent absolument le même reproche aux Allemands.)

Un autre reproche est dirigé par les signataires contre les Anglais surtout. On
a, disent-ils, introduit la guerre dans l'intérieur de l'Afrique centrale, au risque
de provoquer des soulèvements d'indigènes contre les blancs et de scandaliser les
prosélytes chrétiens, qu'on pourrait jeter ainsi dans les bras de l'islam ; on n'a
pas craint de s'associer contre l'Allemagne évangélique avec le tsar de Russie, qui
a déclaré que la guerre était dirigée contre le germanisme « et le protestantisme » (?),
et avec l'empereur du Japon qui professe encore le paganisme.

Les chrétiens allemands, nous dit encore le Manifeste, s'associaient avec joie à
l'œuvre inaugurée à Édimbourg par la Conférence universelle des Missions : ils cher-
chaient à écarter les malentendus et les dissentiments qui se glissent entre les nations
diverses. Aujourd'hui, parmi leurs compatriotes, on les raille parce qu'ils avaient
cru la foi chrétienne plus forte que la malice des fauteurs de guerre, et on leur reproche d'avoir contribué à dissimuler, par leurs efforts pacifiques, les vrais sentiments
des ennemis de l'Allemagne. Ils ne peuvent néanmoins se repentir de ces efforts,
puisqu'ils ont ainsi prouvé leur désir sincère de prévenir la lutte fratricide, qui vient
d'éclater.

Au nom de la tâche commune qui incombe aux peuples chrétiens à une époque
décisive de l'histoire, les signataires se tournent ensuite vers les chrétiens évangé-
liques de l'étranger pour leur faire, avec une calme assurance, la déclaration que
voici : « Si la fraternité chrétienne est rompue ; si les peuples qui commençaient à
évangéliser ensemble au dehors s'endurcissent dans la haine et l'amertume à la suite
d'une guerre meurtrière ; si une déchirure irrémédiable se produit au sein du protestantisme germanique (les Anglo-saxons étant envisagés comme appartenant à la
race des Germains) ; si l'Europe chrétienne perd une partie de sa situation mondiale ;
si enfin les sources de la vie religieuse et morale viennent à être souillées et détruites,
la faute n'en est ni au peuple ni au gouvernement de l'Allemagne (bien que tous ceux
qui sont frappés par l'épreuve soient, par là même, conviés à la repentance), mais
à ceux qui ont, depuis longtemps, tissé en secret et avec astuce le filet de la conspi-

ration universelle qu'ils viennent de jeter sur l'Allemagne pour l'étouffer. » Cela dit, les signataires en appellent à la conscience de leurs frères chrétiens de l'étranger pour les conjurer de rechercher ce que Dieu leur ordonne maintenant de faire pour qu'à cette heure importante de sa mision mondiale, la chrétienté ne perde pas sa force et sa légitimation en tant qu'intermédiaire d'un message adressé au monde non chrétien.

B) LEURS PROPRES AVEUX

[A ces affirmations répétées, que l'on vient de lire, d'une Allemagne toute pacifiste. et parfaitement innocente de la guerre actuelle, il n'y aurait semble-t-il, qu'à opposer d'autres déclarations provenant d'Allemands aussi authentiques que les signataires des manifestes précédents et exposant sans mystère ni ambages un programme nettement impérialiste et agressif.

Rappelons, entre beaucoup d'autres « documents » de ce genre :
Les ouvrages pangermanistes de l'historien TREITSCHKE, des sociologues WOLT-MANN, HOUSTON CHAMBERLAIN, REIMER, des professeurs LAMPRECHT et SCHIEMANN, des généraux von HARTMANN, von DER GOLTZ, CLAUSEVITZ, BERNHARDI, des romanciers KARL BOETTCHER et SONNTAG, etc. (Voir l' « Ame allemande » de M. Finot, dans *la Revue* d'octobre-novembre, et l'étude de Mlle Bianquis, agrégée d'histoire, dans *Foi et Vie* du 16 novembre.)
Les proclamations diverses de Guillaume II et les écrits de S. A. le Kronprinz, son fils.
L'ouvrage de DANIEL FRYMANN : *Si j'étais l'Empereur* (Leipzig, 1913).
Les déclarations de M. ALFRED KERR, directeur de la revue *Pan*, rapportées par M. Georges Bourdon dans son *Enigme allemande*.
Les déclarations de S. E. von BERNSTORF, ambassadeur d'Allemagne aux Etats-Unis, rapportées par M. G. Clemenceau (*les Dix Commandements de l'Allemagne*, dans l'*Homme libre* du 13 octobre).
Les nouvelles « modulations » du fameux MAXIMILIEN HARDEN dans sa *Zukunft* sur l'antique thème de « la force primant le droit »!
Les proclamations sanguinaires, d'après ce principe, des officiers STENGLER, DISFURTH et autres.
Les propos burlesquement mégalomanes du professeur ADOLPHE LASSON de Berlin,
Et enfin, hélas! les déclarations nettement pangermanistes de plusieurs des illustres signataires eux-mêmes de l' « Appel aux nations civilisées » : les OSTWALD, les HÆCKEL, entre autres, dans des articles ou des discours personnels.

Comment les intellectuels et les théologiens allemands s'arrangent-ils pour accorder ceci avec cela??
Mais nous leur avons suffisamment donné la parole. Ils ont fait appel aux « nations civilisées ». Qu'ils entendent maintenant la réponse unanime qu'ils ont eux-mêmes provoquée.]

RÉPONSES

DES INTELLECTUELS DE FRANCE

Réponses et déclarations officielles
de l'Institut de France
par ses diverses Académies

(*Dans l'ordre des dates.*)

a) Déclaration de l'Académie des Inscriptions et Belles-Lettres

Dans sa séance du mercredi 21 octobre, sous la présidence de M. Chatelain.

« L'Académie des Inscriptions et Belles-Lettres, qui représente, dans l'Institut de France, l'étude des grandes civilisations historiques, a été profondément émue depuis l'ouverture des hostilités, des actes de barbarie disciplinés, exécution d'otages, massacres de non combattants, de femmes et d'enfants, commis en Belgique et en France, par les armées allemandes en violation des lois de la guerre.

» Si elle n'a pas protesté déjà contre ces actes abominables, ni contre des destructions impies, que ne justifiait aucune raison militaire, telles que l'incendie de Louvain, le bombardement des cathédrales de Malines et de Reims, la tentative criminelle dont Notre-Dame de Paris a été l'objet, c'est que ces violences lui paraissaient assez hautement réprouvées et flétries par l'indignation qui s'élevait de toutes parts.

» Mais aujourd'hui, l'appel qui vient d'être adressé à l'opinion publique, en vue de l'égarer, par un certain nombre de savants allemands, ne lui permet plus de garder le silence.

» Elle a été douloureusement surprise de voir que des hommes illustres, quelques-uns même de ceux qu'elle avait associés à ses travaux et à qui elle avait cru pouvoir confier une part de son honneur, n'ont pas craint, pour excuser ces crimes, de nier les faits les plus certains et cela sans enquête personnelle, au mépris de tous les témoignages et de l'évidence même, sur la foi, et peut-être sur l'ordre d'un gouvernement qui a fait profession de n'attacher aucune valeur à la parole donnée.

» En conséquence, elle déclare que ceux qui ont mis ainsi l'autorité de leur nom au service de la violence pour l'aider à se déguiser, lui paraissent avoir manqué gravement à un devoir d'honneur et de loyauté.

» Elle décide que cette déclaration sera lue en séance et insérée dans ses procès-verbaux. »

b) Extraits des Discours de M. Paul Appell, Président de l'Institut, et de M. Louis Renault, membre de l'Académie des Sciences morales et politiques.

A la Séance publique annuelle des cinq Académies, le lundi 26 octobre.

Discours de M. Appell.

« ... Depuis trois mois, notre pays est engagé dans un drame gigantesque, sans précédent, qui met aux prises deux conceptions opposées de la civilisation future de notre planète, de ce petit globe perdu dans l'espace, dont les habitants éphémères n'ont d'autre raison de vivre que l'idéal qu'ils portent en leur conscience.

» Des millions d'hommes se heurtent sur des fronts traversant la France et la Belgique, en des batailles qui durent des semaines, qui recommencent à peine terminées, qui exigent des efforts d'héroïsme et une tension surhumaine de la volonté et des nerfs, auprès desquels pâlissent les plus grands faits de guerre, les plus beaux sacrifices à la patrie qui aient jamais été accomplis. Si des deux côtés les courages sont comparables et les armements de même puissance, les âmes et les consciences, ces énergies immatérielles qui constituent la force motrice secrète et décisive, sont entièrement différentes.

» Du côté allemand se trouvent une organisation impeccable, une longue préparation, systématique jusque dans le détail, de tout ce qu'il est possible de prévoir et de réglementer ; l'utilisation pratique même des plus récentes découvertes scientifiques ; une conception industrielle et commerciale de la paix et de la guerre, en vue de la domination, du gain, du butin, des conquêtes et des destructions considérés comme des moyens de vaincre, avec cette pensée directrice que la Force aussi parfaitement organisée crée le Droit, qu'elle est supérieure à tout : à la Vérité, aux traités, aux paroles données, aux idées de liberté fraternelle, de respect de l'homme et des œuvres de l'homme, acquises par l'humanité en de longs siècles de luttes et de souffrances. Le rêve allemand, naïvement avoué, est de faire de l'Allemagne le centre d'un monde organisé comme un cuirassé, où tout se ferait avec méthode, régularité et soin, sous la domination d'un gouvernement puissant et impitoyable siégeant à Berlin ; les autres peuples de l'ancien et du nouveau continent étant admis à vivre en vasseaux dociles, dans une prospérité sans dignité et sans honneur. Cette conception mécanique, d'où l'intelligence et le respect des sentiments d'autrui sont complètement exclus, repose sur une hiérarchie sociale rigidement établie : au sommet, l'officier noble, uniquement voué aux œuvres de la guerre, dominant de haut la nation ; puis, au-dessous, les puissances industrielles et commerciales, les grands propriétaires agricoles, les professeurs, les savants, les maîtres d'école et enfin la masse du peuple, tous solidement enrégimentés, tous orientés par une formation et un enseignement systématiques, en vue de placer l'Allemagne au-dessus de tout et de faire des autres hommes les clients serviles de leur pays. N'avons-nous pas vu s'étaler la prétention d'enrôler Dieu lui-même, pour assurer la domination de l'empire allemand?

» A cet idéal les alliés en opposent un autre que suffisent à exprimer les deux noms de *Liberté* et de *Justice*.

» Nous reprenons enfin notre rôle séculaire. Ainsi qu'il a été dit au début de la guerre qui a libéré l'Italie du Nord : quand la France tire l'épée, ce n'est pas pour dominer, c'est pour affranchir. Les nations alliées combattent pour les opprimés : l'Alsace-Lorraine, le Schleswig-Holstein, la Transylvanie, les parties séparées de la Pologne. Après leur victoire, il faut que l'humanité se développe dans l'union des races diverses, dans l'épanouissement des aspirations nationales, dans le respect des trésors accumulés par l'Art et par la Science ; il faut qu'il ne subsiste plus aucun peuple opprimé, aucune violence, aucune caste militaire. Il faut que tout ce qu'il est de forces au monde soient employées à assurer la paix. Il faut que pour l'Allemagne un autre rêve succède aux ambitions monstrueuses et dominatrices ; celui de n'être plus qu'un des éléments de la civilisation dans un monde affranchi et pacifié.

» La France a proclamé en 89 les Droits de l'Homme; elle proclamera maintenant les Droits de l'Humanité ; après avoir vaincu l'Allemagne sur les champs de bataille, elle la vaincra sur le terrain moral, en anéantissant toute organisation de violence et en assurant les garanties essentielles du droit et de la civilisation... »

Discours de M. Louis Renault

sur « *La Guerre et le Droit des gens au XXe siècle* ».

[L'éminent jurisconsulte débuta en ces termes :]

« La lecture que, pour répondre à la bienveillante invitation de notre éminent président, je dois vous faire sur ce sujet d'une trop brûlante actualité, aura le caractère le plus simple et le plus modeste. N'attendez pas une étude doctrinale, un exposé et une appréciation critique de la conduite des belligérants dans la lutte qui se poursuit avec tant d'acharnement de part et d'autre. Le moment n'est pas encore venu de porter un jugement d'ensemble sur les faits qui auraient été commis par certains belligérants et qui sont de telle nature que nous sommes humiliés comme hommes autant qu'affligés comme Français. Je parle ici au nom de l'Institut tout entier. En outre, membre de l'Académie des Sciences morales et politiques, particulièrement compétente en raison de la nature de ses études, je viens de recevoir d'elle la mission expresse de porter devant vous sa protestation contre ces actes abominables. Est-il possible que l'humanité que l'on croyait civilisée par tant de siècles d'efforts en soit arrivée à de telles extrémités? Je ne veux rien dire qui ressemble à de la polémique, qui n'est pas de mise en ce lieu et en ce moment. Je ne veux ni faire un réquisitoire ni porter un jugement, mais me borner à de pures constatations de nature juridique. La brièveté de l'exposé en fera excuser la sécheresse.

» La guerre est un ensemble d'actes de violence au moyen desquels chaque belligérant essaye de soumettre l'autre à sa volonté. Remarquez, du reste, que la force matérielle n'est pas seule en jeu dans la lutte, que l'énergie morale et intellectuelle, l'esprit de dévouement des non-combattants entrent aussi en ligne compte ; sous des formes diverses, la nation tout entière doit participer à la lutte et elle influe sur le résultat.

« Dans l'accomplissement de leurs actes de violence, les belligérants sont-ils soumis à des lois et y a-t-il des règles juridiques qu'ils doivent observer? Pour le but que je poursuis ici, il me suffit de constater qu'en fait il existe de telles règles sans avoir à rechercher quel en est le fondement scientifique. Je veux seulement dire que ce qui prouve que nous avons bien conscience de l'existence d'un véritable droit entre les peuples, malgré la lutte violente dans laquelle ils sont engagés, c'est que nous sommes plus irrités par un acte réputé injuste, que nous n'hésitons pas à qualifier de crime, que par un fait normal de guerre même entraînant de graves conséquences pour les choses ou les personnes. L'exécution sommaire, par un belligérant, d'un habitant inoffensif nous émeut plus que la mort de centaines de soldats dans un engagement régulier. Cela fait honneur à la nature humaine. »

[L'orateur passe en revue ce qu'on peut appeler le « droit coutumier » de la guerre telles qu'elles se sont élaborées à travers les différentes conventions nationales et internationales : *Instructions de 1863 pour les armées des États-Unis; Convention de Genève du 22 août 1864; Déclaration de Saint-Pétersbourg du 11 décembre 1868; Conférence de Bruxelles de 1874*, à l'instigation de la Russie; 1re *Conférence de la paix à La Haye de juin 1899*; 2e *Conférence en 1907*.

Ces règles concernent l'inviolabilité des pays neutres, les moyens de nuire barbares ou perfides, le respect dû aux blessés et aux prisonniers, le bombardement des villes ouvertes, le pillage, etc

M. Louis Renault déclare en terminant :]

« J'ai ainsi terminé la revue des prescriptions d'ordre international, relatives à la conduite de la guerre, que je voulais vous soumettre. Ce sont des textes émouvants dans leur brièveté, parce qu'ils correspondent, non à de pures hypothèses, comme c'est souvent le cas pour des textes juridiques, mais à des faits trop réels, trop actuels, et si épouvantables qu'ils en sont invraisemblables, et que les témoignages les plus probants deviennent nécessaires pour en faire admettre l'existence. Ce n'est pas sans une profonde tristesse que j'ai rassemblé des textes à l'élaboration desquels j'ai eu l'honneur de participer et qui me rappellent tant d'hommes éminents, convaincus, comme moi, que nous avions fait faire un progrès sérieux à la civilisation. La déception est trop cruelle. Si nous nous étions trop attendus et si nous devions nous attendre à des infractions individuelles, personne ne pouvait songer à une méconnaissance générale et systématique de toutes les règles solennellement adoptées. C'est là le fait grave, dont il y aura lieu peut-être de tirer ultérieurement des conséquences. »

c) Protestation de l'Académie française

Dans sa séance du jeudi 29 octobre.

« L'Académie française proteste contre toutes les affirmations par lesquelles l'Allemagne impute mensongèrement à la France ou à ses alliés la responsabilité de la guerre.

» Elle proteste contre toutes les négations opposées à l'évidente authenticité des actes abominables commis par les armées allemandes.

» Au nom de la civilisation française et de la civilisation humaine, elle flétrit les violations de la neutralité belge, les tueurs de femmes et d'enfants, les destructeurs sauvages des nobles monuments du passé, les incendiaires de l'université de Louvain, de la cathédrale de Reims qui voulurent aussi incendier Notre-Dame de Paris.

» Elle exprime son admiration aux armées qui luttent comme nous contre la coalition de l'Allemagne et de l'Autriche.

» Avec une émotion profonde, elle envoie un salut à nos soldats qui, animés des vertus de nos ancêtres, démontrent ainsi l'immortalité de la France. »

d) Protestation de l'Académie des Sciences morales et politiques

Dans sa séance du samedi 31 octobre.

« L'Académie des Sciences morales et politiques, vouée plus particulièrement aux études des questions juridiques, psychologiques, morales et sociales, rappelle la protestation portée devant elle par son président, dès le 8 août, ainsi que la déclaration insérée sur sa demande dans le mémoire lu par un de ses membres, M. Louis Renault, le 26 octobre, à la séance solennelle des cinq Académies.

» Elle affirme de nouveau qu'elle croit accomplir un devoir de sa fonction en signalant dans les actes du gouvernement allemand, dans son mépris de toute justice et de toute vérité, une régression à l'état barbare.

» De nouveau, elle flétrit la violation des traités et les attentats de tout genre contre le droit des gens commis, depuis la déclaration de la guerre, par le gouvernement impérial allemand et par les armées allemandes. »

e) Protestation de l'Académie des Sciences

Dans sa séance du lundi 2 novembre, sous la présidence de M. Appell.

« L'Académie des Sciences s'associe aux protestations faites par les autres Académies de l'Institut de France

» Elle veut, comme elles, exprimer son indignation contre la façon dont un peuple, qui prétend imposer sa culture au monde, viole les engagements les plus solennels.

» Elle flétrit les pillages et les exécutions approuvés et systématiquement ordonnés par les chefs ; les massacres de blessés, de femmes et d'enfants, commis par les troupes qui se disent civilisées. Et elle émet le vœu que, pour répondre à une propagande, qui ne connaît aucun scrupule, le gouvernement communique aux neutres, avec pièces à l'appui, les résultats des enquêtes qu'il a ouvertes partout où a passé l'ennemi.

» Dans le domaine qui lui est propre, l'Académie tient à rappeler que les civilisations latines et anglo-saxonne sont celles qui ont produit, depuis trois siècles, la plupart des grands créateurs dans les sciences mathématiques, physiques et naturelles, ainsi que les auteurs des principales inventions du XIXe siècle.

» Elle proteste donc contre la prétention de lier l'avenir intellectuel de l'Europe à l'avenir de la science allemande, et contre la singulière affirmation que le salut de la civilisation européenne est dans la victoire du militarisme allemand solidaire de la culture allemande.

» Elle attend avec confiance l'heure qui va délivrer la civilisation humaine de la barbarie savante, produite par l'union du militarisme et de la « Kultur » germanique. »

f) Conclusion de la Protestation isolée de M. Yves Delage,
Membre de l'Académie des Sciences.

(*Communiquée au* Temps, *le 27 octobre.*)

...« Comment les savants allemands ont-ils pu croire qu'ils entraîneraient la conviction par des déclarations gratuites où l'énergie de l'affirmation et la violence des termes remplacent les preuves absentes ?

» Nous ne sommes pas tentés de les suivre sur ce terrain, et nous ne répondrons pas à des assertions non démontrées par des affirmations non contrôlées. Nous laisserons le soin de ce contrôle et de cette réponse à ceux qui, n'étant point juge et partie, ne sont pas suspects de partialité, c'est-à-dire aux pays neutres.

» Signataires de l'*Appel aux nations civilisées*, en tant que savants conscients de leur rôle et de leurs devoirs, vous vous êtes disqualifiés. »

Manifeste des Universités françaises
aux Universités des Pays neutres

En réponse à la protestation des Universités allemandes.
(3 *novembre.*)

« Les universités allemandes viennent de protester contre les accusations dont leur pays est l'objet à l'occasion de la guerre.

» Les universités françaises se borneront à vous soumettre les questions suivantes:

» Qui a voulu la guerre?

» Qui, pendant le trop court répit laissé aux délibérations de l'Europe, s'est ingénié à trouver des formules de conciliation? Qui, au contraire, a refusé toutes celles qu'ont successivement proposées l'Angleterre, la Russie, la France et l'Italie?

» Qui, au moment précis où le conflit paraissait s'apaiser, a déchaîné la guerre, comme si l'occasion propice était attendue et guettée?

» Qui a violé la neutralité de la Belgique, après l'avoir garantie?

» Qui a déclaré à ce propos que neutralité est un mot, que les « traités sont des chiffons de papier », et qu'en temps de guerre « on fait comme on peut »?

» Qui tient pour non avenues les conventions internationales par lesquelles les puissances signataires se sont engagées à n'user, dans la conduite de la guerre, d'aucun moyen de force constituant une « barbarie » ou une « perfidie » et à respecter les monuments historiques, les édifices des cultes, des sciences, des arts et de la bienfaisance, sauf dans le cas où l'ennemi, les dénaturant le premier, les emploierait à des fins militaires?

» Dans quelles conditions l'université de Louvain a-t-elle été détruite?

» Dans quelles conditions la cathédrale de Reims a-t-elle été brûlée?

» Dans quelles conditions des bombes incendiaires ont-elles été jetées sur Notre-Dame de Paris?

» A ces questions, les faits seuls doivent répondre.

» Déjà, vous pouvez consulter les documents publiés par les chancelleries, les résultats d'enquêtes faites par les neutres, les témoignages trouvés dans les carnets allemands, les témoignages des ruines de Belgique et des ruines de France.

» Ce sont nos preuves.

» Contre elles, il ne suffit pas, ainsi que l'ont fait les représentants de la science et de l'art allemands, d'énoncer des dénégations, appuyées seulement d'une « parole d'honneur » impérative.

» Il ne suffit pas davantage, comme font les universités allemandes, de dire : « Vous connaissez notre enseignement ; il n'a pu former une nation de barbares. »

» Nous savons quelle a été la valeur de cet enseignement. Mais nous savons aussi que, rompant avec les traditions de l'Allemagne de Leibnitz, de Kant et de Gœthe, la pensée allemande vient de se déclarer solidaire, tributaire et sujette du militarisme prussien, et qu'emportée par lui, elle prétend à la domination universelle.

» De cette prétention, les preuves abondent. Hier encore, un maître de l'université de Leipzig écrivait : « C'est sur nos épaules que repose le sort futur de la culture en Europe. »

» Les universités françaises, elles, continuent de penser que la civilisation est l'œuvre non pas d'un peuple unique, mais de tous les peuples, que la richesse intellectuelle et morale de l'humanité est créée par la naturelle variété et l'indépendance nécessaires de tous les génies nationaux.

» Comme les armées alliées, elles défendent, pour leur part, la liberté du monde. »

Le 3 novembre 1914.

Les universités de Paris, Aix, Marseille, Alger, Besançon,
Bordeaux, Caen, Clermont-Ferrand, Dijon, Grenoble, Lyon,
Montpellier, Nancy, Poitiers, Rennes, Toulouse.

L'université de Lille n'a pu être consultée.

Déclaration de la Société des Gens de Lettres

Dans sa séance du 27 octobre.

(Voir *le Temps* de ce jour.)

Protestation des Artistes Français

(Voir *la Presse* du 30 octobre.)

Discours de MM. Alfred Croiset et Ernest Lavisse

sur « *La défense de la Culture française.* »

A la séance de rentrée de la Faculté des Lettres, le jeudi 5 novembre.

(Voir *le Temps* de ce jour.)

Déclaration du Grand-Orient de France

Dans sa séance de réouverture du 8 novembre.

(Voir *le Journal*, du 11 novembre.)

Discours de M. Joseph Barthélemy,
Professeur de droit public

A la réouverture des cours de la Faculté de Droit, le lundi 9 novembre.

(Voir *Paris-Midi* du 10 novembre.)

Discours d'ouverture du Dr Capitan

sur « *L'Orgueil pathologique des Allemands* ».

A l'École d'Anthropologie, le 10 novembre.

(Voir *Paris-Midi* du 11 novembre.)

Appel de l'École des Hautes-Études
aux Pays Neutres

Pour faire suite au Manifeste des Universités françaises,

Signé de M. Louis Havet, Président de la Section des Sciences historiques et philosophiques, et de M. Maurice Vernes, Président de la Section des Sciences religieuses (15 novembre).

(Voir *l'Humanité* du 17 novembre.)

Protestation de l'Académie de Médecine

(Voir *le Petit Parisien* du 18 novembre.)

Réponses et Opinions personnelles
des Intellectuels français de tous les partis

[Dans l'impossibilité absolue de reproduire la foule des articles de journaux 30 de revues, des lettres, etc., qu'a suscités chez nous l'extraordinaire attitude des intellectuels Allemands, nous tenons au moins à donner une liste de ceux qu'il nous a été possible de noter :

JEAN FINOT : La Grande Croisade des Civilisés, et l'Ame allemande (*la Revue de* septembre et d'octobre-novembre).

E. BOUTROUX : L'Allemagne et la Guerre (*Revue des Deux Mondes* du 15 octobre).

ROMAIN ROLLAND : Lettre à Gérard Hauptmann, et Réponse au Manifeste des Intellectuels allemands, dans le *Journal de Genève* (octobre).

PAUL BOURGET : Les Leçons de la Guerre, dans *l'Echo de Paris* du 10 octobre.

G. CLEMENCEAU : Les Brutes, dans *l'Homme enchaîné* du 16 octobre.

RENÉ MILLET : Le Manifeste des Professeurs allemands, dans *la France* du 13 octobre.

GUSTAVE HERVÉ : Leurs Intellectuels, dans *la Guerre Sociale* du 13 octobre.

Georges Montorgueil : L'Aveu des Intellectuels allemands, dans *l'Eclair* du 16 octobre.

Jean Richepin : Leur dernière Infamie, dans *l'Intransigeant* du 15 octobre.

J. G.-C. : La Faillite de la Pensée allemande, dans *la Guerre Sociale* du 15 octobre.

Abel Hermant (... « une prodigieuse niaiserie ») dans *le Journal* du 18 octobre, et : Soldats conscients, dans *l'Intransigeant* du 18 octobre.

Ch. Benoist : 93 Intellectuels d'Outre-Rhin, dans *l'Echo de Paris* du 22 octobre.

Gabriel Séailles : Lettre au philosophe Wilhelm Wundt, reproduite par *la Guerre Sociale* du 23 octobre.

Th. Ruyssen : Lettre au même, reproduite dans *le Bonnet Rouge* — et dans *la Paix par le Droit* du 10 novembre.

Dubreuilh : Les Ministres de l'Idée, dans *l'Humanité* du 26 octobre.

Charles Lallemand : Lettre à l'astronome Fœrster, citée par *le Temps* du 29 octobre.

Marcel Drouin : L'Appel des Intellectuels allemands, dans *Foi et Vie* du 1er novembre.

Charles Gide : (« Nous voudrions répondre sans colère... »), dans *la Paix par le Droit* du 10 novembre.

René Doumic : L'Allemagne de toujours, dans *le Gaulois* du 14 novembre.

Lucien Maury : Les Intellectuels allemands, dans la *Revue Bleue* du 14 novembre.

Dr Grasset : La Science, le Droit et la Force, dans *le Correspondant* de novembre.

Paul Verrier : Les Intellectuels Allemands apologistes de la guerre, dans *Excelsior* du 27 novembre.

Etc., etc.]

OPINIONS & SENTIMENTS

des AUTRES « NATIONS CIVILISÉES »

ANGLETERRE

[Citons d'abord, pour mémoire, et entre autres :

Les admirables discours de M. Lloyd Georges, chancelier d'Angleterre, le 19 septembre à Queen's Hall, et le 10 novembre, au City Temple, à Londres.

C'est dans le second de ces discours que se trouve mentionnée cette déclaration de « l'un des plus grands généraux de l'armée française » :

« *L'homme qui est responsable de cette guerre a l'âme d'un* DÉMON ! »

La Déclaration de H.-G. Wells, le grand romancier, expliquant « pourquoi les Anglais et leurs alliés se battent. » (Voir *la Guerre Sociale* du 13 octobre.)

La lettre du pacifiste Sir William Ramsay qui, la veille de la guerre encore, signait un manifeste pour la paix avec l'Allemagne, et qui, dans sa lettre, déclare reconnaître maintenant qu'il faut « *résister à tout prix à la tentative de l'Allemagne d'asservir le monde.* »

Et donnons textuellement les documents suivants :]

Déclaration des Intellectuels d'Angleterre

En réponse au Manifeste des Professeurs des Universités Allemandes

(Extrait donné par *le Temps.*)

« Nous admettons volontiers que l'Allemagne eût très probablement préféré ne pas combattre la Grande-Bretagne en ce moment. Elle eût préféré affaiblir et humilier la Russie, rendre la Serbie dépendante de l'Autriche, mettre la France hors d'état de nuire et asservir la Belgique ; puis, après avoir établi sa supériorité d'une façon incontestable, elle aurait réglé ses comptes avec la Grande-Bretagne. Ce qu'elle nous reproche, c'est de ne pas lui avoir permis de le faire. L'amour de la paix est si profondément enraciné en Grande-Bretagne, et l'influence de ceux qui, parmi nous, ont travaillé, en dépit de bien des années difficiles, à établir de bonnes relations entre ce pays et l'Allemagne est si grande que, malgré les liens amicaux qui nous unissent à la France, malgré le danger manifeste qui nous menaçait nous-mêmes, il y a eu encore, jusqu'au dernier moment, un vif désir de conserver la neutralité britannique si elle avait pu l'être sans déshonneur. Mais l'Allemagne elle-même a rendu cela impossible.

» La Grande-Bretagne, en même temps que la France, la Russie, la Prusse et l'Autriche, avait solennellement garanti la neutralité de la Belgique. Le maintien de cette neutralité impliquait nos plus intimes sentiments et nos intérêts les plus vitaux. Sa violation n'aurait pas seulement détruit l'indépendance de la Belgique, elle aurait miné la base entière qui rend possibles la neutralité d'un État quelconque et l'existence des États bien plus faibles que leurs voisins. Nous avons agi, en 1914, précisément comme nous l'avons fait en 1870. Nous avons demandé à la France et à l'Allemagne l'assurance qu'elles respecteraient la neutralité belge. En 1870, les deux puissances ont protesté de leurs bonnes intentions, et toutes deux ont tenu leurs promesses. En 1914, la France a donné immédiatement, le 31 juillet, l'assurance demandée ; l'Allemagne a refusé de répondre. Quand, après ce sinistre silence, l'Allemagne s'est mise en devoir de rompre, sous nos yeux, le traité que nous avions signé ensemble, évidemment dans l'espoir que la Grande-Bretagne serait sa timide complice, toute hésitation est devenue impossible, même pour l'Anglais le plus pacifiste. La Belgique a fait appel à la Grande-Bretagne pour qu'elle tienne sa parole, et cette parole a été tenue. »

Dans le monde Religieux anglais

a) Note sur l'état d'esprit actuel des « Chrétiens anglais » vis-à-vis de l'Allemagne

(D'après le journal l'Evangéliste.)

Les chrétiens d'Angleterre, surtout ceux qui se rattachent aux Eglises dissidentes ou non-conformistes, ont été, jusqu'à la veille de la déclaration de guerre, partisans résolus de la neutralité de leur pays dans la crise qui ébranle si fortement l'Europe. Beaucoup d'entre eux ont travaillé énergiquement, en ces dernières années, à amener un rapprochement entre l'Allemagne et l'Angleterre. Il a fallu, pour leur ouvrir les yeux, la preuve évidente que l'empereur Guillaume voulait la guerre et que, pour envahir la France, il ne reculait pas devant la violation de la neutralité de la Belgique. Le Dr Clifford, le célèbre prédicateur de Londres, est revenu du Congrès de Constance, où il représentait les pacifistes anglais, avec une pétition dans sa poche pour demander au gouvernement de maintenir la neutralité de l'Angleterre. Mais il a changé d'avis, une fois rentré chez lui, en présence de « l'infâme proposition » faite aux Anglais de consentir à cette violation de leurs engagements, et il a dénoncé, avec une éloquente vigueur, du haut de sa chaire, le militarisme prussien et la civilisation matérialiste dont il est l'expression. Un revirement semblable s'est opéré chez la plupart des chrétiens anglais, comme le prouvent les articles parus, ces derniers jours, dans leurs journaux.

b) Opinion de «Chrétiens protestants» anglais qui se trouvaient jusqu'à la guerre dans les meilleurs rapports avec leurs « frères » d'Allemagne.

(D'après le journal le Christianisme au xxe siècle.)

Le Christian World du 3 septembre contient un document émanant d'un groupe de théologiens qui ont été jusqu'ici en excellents rapports avec l'Allemagne, mais qui ont voulu répondre, à un récent discours du professeur A. de Harnack, de Berlin, discours qui renfermait, semble-t-il, des accusations toutes semblables à celles du Manifeste dirigé contre les Eglises d'Angleterre. Les signataires de ce second document appartiennent, pour la plupart, aux dénominations non-conformistes. Ce sont des principaux de collèges, des professeurs de théologie, des agents de sociétés religieuses, des modérateurs ou secrétaires de Synodes, dont la valeur et la notoriété égalent celles des chrétiens allemands précités. Nommons MM. W.-B. Selbie, P.-T. Forsyth, Herbert-T. Andrews, T.-Herbert Darlow, James-R. Gillies, R. Macleod, W.-M. Macphail, Richard Roberts, H.-H. Scullard, Alex. Ramsay et F.-Herbert Stead.

Ces chrétiens anglais commencent par constater qu'étant grandement redevables à l'Allemagne, à ses maîtres et à ses penseurs, pour tout le profit qu'ils on tretiré de leurs leçons, ils ont été particulièrement émus du fait que le Dr de Harnack a accusé la Grande-Bretagne d'avoir récemment trahi la cause de la civilisation. L'illustre théologien, disent-ils, a montré de la sorte qu'il ne connaît pas les vrais motifs de l'attitude de leur patrie dans la crise actuelle. Les obligations qu'ils ont, individuellement et collectivement, envers l'Allemagne étant considérables, ils ne sont nullement inspirés, dans cette occurence, par le fait qu'ils préféreraient à ce pays la France ou la Russie. Abstraction faite des nations qui parlent la même langue qu'eux-mêmes, il n'y a pas dans le monde un peuple pour lequel ils aient autant d'affection et d'admiration que pour l'Allemagne, où ils possèdent des maîtres éminents et d'excellents amis, et dont ils pratiquent volontiers la théologie, la philosophie et la littérature. Rien n'est donc plus contraire à leurs inclinations naturelles que l'hostilité qui a éclaté entre les deux empires. Ils ne désirent nullement voir l'Allemagne isolée, privée de l'expansion légitime de son commerce et de ses colonies. Ils ont toujours combattu chez leurs compatriotes la tendance aux suspicions antigermaniques.

Mais les signataires de la « Réponse à Harnack » estiment que toute paix durable et toute relation normale entre les nations reposent sur le maintien inviolable des obligations consacrées par les traités internationaux, tout particulièrement en ce qui touche à la neutralité de certains pays d'un territoire restreint, car l'extension constante des zones neutralisées leur paraît être un des moyens les plus sûrs pour éliminer peu à peu la guerre de la surface du globe. Nos théologiens anglais croient donc que, lorsque l'Allemagne a refusé de respecter la neutralité de la Belgique, cette neutralité qu'elle avait pourtant garantie elle-même, l'Angleterre était obligée, par la morale chrétienne comme par la loi internationale, de défendre le peuple ainsi menacé d'invasion. Ils ont été profondément peinés de voir l'Allemagne. qu'ils aiment si fortement, commettre d'un cœur léger cet acte d'agression criminelle contre un petit peuple beaucoup plus faible, et une nation chrétienne se résigner ainsi à n'être plus qu'une armée de partisans, dirigée par une morale purement militaire. Ils détestent la guerre et particulièrement la guerre avec l'Allemagne, mais ils sont persuadés que, dans ce conflit, l'Angleterre combat pour la conscience, pour la justice, pour l'Europe, pour l'humanité, et pour une paix durable.

L'adresse aborde ensuite la question de la Serbie, et développe la thèse que l'Allemagne a montré son peu de respect pour l'indépendance des petits Etats quand elle a endossé l'ultimatum autrichien ; elle a, d'autre part, violé les droits de la Russie lorsqu'elle a prétendu l'empêcher de mobiliser ses troupes ; elle aurait pu se borner à mobiliser les siennes en s'interdisant de recourir à la guerre avant l'épuisement des pourparlers diplomatiques. Aux yeux de nos théologiens anglais, la politique d'agression sans scrupules, qui s'est révélée dans la brusque invasion de la Belgique, est la négation directe de cette civilisation chrétienne que le Dr de Harnack reproche à l'Angleterre de trahir quand elle cherche justement à la sauver. « Sans doute, observent, en concluant, les signataires du Manifeste, vous interprétez la situation tout autrement que nous, vous pouvez croire que nous nous trompons absolument. Mais nous tenons, comme chrétiens, vos frères, à vous assurer que nos motifs ne tombent pas sous l'accusation que vous avez formulée, et nous avons la confiance que vous recevrez nos explications dans l'esprit qui nous les a dictées à nous-mêmes. »

Le *Christian World* du 18 septembre nous apprend que l'archevêque de Cantorbéry a pris de son côté des mesures pour assurer l'élaboration d'une réponse détaillée des chrétiens anglais au Manifeste des chrétiens allemands.

c) Autre article du « Christian World »

(D'après le journal *l'Evangéliste*.)

« Il n'est pas douteux que la guerre ait été voulue par l'empereur Guillaume et sa clique militaire, qui s'imaginaient que la peur de la guerre civile en Irlande empêcherait le gouvernement anglais d'intervenir... Le *Kaiser* est l'héritier de la détestable tradition d'après laquelle la force brutale, et non les considérations morales, doit régler les relations des nations entre elles. Il est lui-même victime d'un système, auquel il sacrifie les vrais intérêts de l'Allemagne. Son héros est son ancêtre, Frédéric le Grand, l'ami cynique et athée de Voltaire, qui commença sa carrière militaire par l'invasion brutale de la Silésie, qu'il arracha à la jeune Marie-Thérèse, et qui, plus tard, fit à l'Autriche et à la Russie l'infâme proposition de partager la Pologne... Héritier de cette fatale tradition, élevé dans cette atmosphère empoisonnée, entouré d'officiers arrogants qui, comme le serpent à l'oreille d'Eve, lui soufflent sans cesse leurs mauvais conseils, il n'est pas étonnant que le *Kaiser*, homme vaniteux, qui se croit l'associé de la Providence, ait conduit l'Allemagne, enchaînée pour son malheur au militarisme prussien, dans cette désastreuse aventure. Tout le monde civilisé, neutres et militants, demande que cela finisse. Aujourd'hui les plus fervents apôtres de la paix internationale et de l'arbitrage sont d'accord pour demander que le militarisme prussien soit éliminé de la civilisation européenne, dans l'intérêt d'une paix générale et durable.

« ... Une guerre contre la guerre, voilà ce que doit être cette guerre. Dieu qui agit par des voies mystérieuses et qui, « par les vents de tempête, exécute sa volonté », peut conduire le monde à une paix durable à travers cette guerre, la plus grande peut-être de l'histoire. Les nations engagées dans cette crise, et les autres aussi, pourront voir, comme jamais auparavant, quel vampire est le militarisme, même en temps de paix armée, suçant le sang des peuples, dérobant à l'industrie une part énorme des fruits du travail, et fermant toutes les routes qui mènent à la réalisation de l'idéal social et moral. Mais les peuples, dont l'élite est sacrifiée par l'ordre du Kaiser et de sa clique d'adorateurs de Mars et de Moloch, et les non-combattants condamnés à pleurer et à mourir de faim, voient maintenant que la guerre, dépouillée de ses brillants oripeaux, est la plus horrible chose du monde, le crime de Caïn multiplié un million de fois. Les peuples voudront que la guerre soit rendue impossible. Ils auront assez perdu et assez souffert pour être en droit d'y contraindre leurs chefs, au risque d'y perdre leur couronne. Une conférence de la Haye, ou un congrès des nations, devra établir un Code international, avec une police internationale pour en faire respecter les articles. Il faudra mettre fin pour toujours aux méthodes militaires et diplomatiques, qui ressemblent trop à celles des cambrioleurs.

« Les Eglises du monde entier devront unir leurs forces contre ceux qui prônent la guerre et élever la voix, comme celles de prophètes de Dieu, pour dénoncer les malédictions contre les gouvernements militaristes et contre les diplomates, qui aiment les ténèbres plus que la lumière, parce que leurs œuvres sont mauvaises. Les classes industrielles et commerciales des nations devront cesser de convoiter des territoires, en vue de monopoliser le commerce et reconnaître que l'intérêt de chacun dépend de la mise en commun des activités de tous. Les masses laborieuses de tous les pays devront s'unir dans le but de refuser désormais de donner leurs sueurs et leur sang pour maintenir des armées et des flottes destinées à faire la guerre à des nations sœurs, contre lesquelles le peuple n'a aucun motif de haine. Cette guerre doit créer un monde nouveau. Nous demandons à Dieu que ce soit un monde où la justice habite, et qui introduise ici-bas le Royaume de Dieu. »

d) Article du Dr J. Scott Lidgett sur la « Malédiction du Césarisme »

¡Dans le *Methodist Times*.
(D'après le journal *l'Evangéliste*.)

« La guerre embrase l'Europe, et l'Angleterre y a été entraînée par un mouvement unanime. Ceux que le grand exposé de sir Edward Grey avait laissés hésitants ont été complètement convaincus par le noble discours de M. Asquith. Le Gouvernement a lutté jusqu'au bout pour le maintien de la paix. Il a échoué, et la seule base offerte à l'Angleterre pour obtenir sa neutralité a été caractérisée justement par le premier ministre comme une *proposition infâme*. Ainsi que l'a déclaré M. Asquith, ce pays ne lutte pas « *pour la défense d'un intérêt égoïste*, mais pour la défense des principes sacrés dont le maintien est d'un intérêt vital pour la civilisation du monde, et parce qu'il est convaincu non seulement de la sagesse et de la justice de cette grande cause, mais aussi de l'obligation où il est de la défendre. »

Notre seul ennemi, nous le disons sans hésitation, c'est le Césarisme, et notre seul but est de le détruire. Ce n'est pas une guerre entre des peuples entraînés par des passions haineuses. Nous n'obéissons à aucun motif intéressé ou ambitieux. La conscience de l'Angleterre, de la France et de l'héroïque Belgique est absolument au clair sur ce point. Notre seul ennemi est le despotisme militaire des peuples allemands conduits par leur chef le *Kaiser*. C'est celui-ci, entouré de sa caste militaire, qui a rendu impossibles les efforts de sir Edward Grey en faveur de la paix. L'orgueil, la panique, le matérialisme ont eu leur rôle ; mais c'est surtout l'orgueil militaire qui a repoussé toute idée de conciliation ou même de délai... L'empereur d'Allemagne a de belles et généreuses qualités, mais elles sont flétries par la malédiction du Césarisme. Il faut, avec l'aide de Dieu, extirper définitivement ce poison de la civilisation européenne.

Comment ce mauvais esprit a-t-il agi? Avant tout en inspirant un calcul erroné. La caste militaire allemande peut avoir des qualités de précision scientifique et pratique. C'est ce qui reste à prouver. Mais elle n'a pas tenu compte des facteurs humains d'ordre supérieur. Elle a compté que la Russie ne serait pas prête, que la France serait incapable, que la Grande-Bretagne serait sans courage et divisée. Elle s'attendait apparemment à ce que le Luxembourg et la Belgique, ces petits peuples, dont elle était tenue en honneur de respecter la neutralité, étendraient un tapis sous les pieds de ses hordes envahissantes. Elle s'est trompée. En un moment la vaillance de la France et l'héroïsme de la Belgique se sont éveillés, et l'unité de la Grande-Bretagne s'est trouvée cimentée pour aider les peuples faibles et défendre un type supérieur de civilisation. Ce sont là des forces qui, à la longue, doivent triompher des armes matérielles. C'est l'erreur et le crime du Césarisme d'avoir méconnu et dédaigné ces forces de l'esprit.

Un autre trait du Césarisme, c'est sa dureté de cœur, sa cruauté. L'impatience avec laquelle l'Allemagne a mis fin aux négociations pour la paix a abouti aux propositions honteuses qu'elle a osé faire à l'Angleterre, et tout aussitôt à l'attentat criminel contre la Belgique. L'arrogance, le mépris et la précipitation se sont donné la main. Nulle parole ne semble être trop sévère contre l'homme fort qui, dans un naufrage, se fait place en poussant hors du radeau un être faible. Nous sommes trop disposés à excuser chez les nations ce que nous trouvons méprisable chez les individus ; et pourtant l'acte est le même. « On se tire d'affaire comme on peut », a dit le chancelier impérial pour excuser la conduite de l'Allemagne envers la Belgique qui ne lui avait fait aucun mal. En foulant aux pieds les obligations sacrées qui résultent des traités, elle a agi comme si la morale n'avait rien à voir dans la conduite des nations. C'est la déification de la force substituée au droit, en un mot c'est la négation de Dieu. C'est là le crime caractéristique du Césarisme aux abois.

Enfin, le Césarisme a soulevé contre lui la conscience des nations. Il n'a pas seulement réveillé, chez les peuples menacés, le sentiment de leur unité et l'esprit du sacrifice. Il a rallié à leur cause un allié auguste, et chaque peuple soulevé contre la tyrannie germanique peut se dire : *Nous avons la justice avec nous !* »

RUSSIE

Appel des Intellectuels russes
« au monde civilisé tout entier »

Signé par 1 100 des plus éminents représentants
de la Science, des Lettres et des Arts en Russie.

(D'après *l'Opinion* du 21 novembre.)

« *Au nom des écrivains et des artistes russes, nous nous adressons à notre patrie et au monde civilisé tout entier.*

« Ce que le cœur et la raison longtemps refusèrent de croire, est devenu, pour la honte de l'humanité, la réalité. Chaque jour nous apporte de nouvelles preuves irréfutables des cruautés et du vandalisme dont se rendent coupables les Allemands dans cette lutte sanglante des peuples dont nous sommes témoins, dans ce meurtre fratricide, follement provoqué par l'Allemagne elle-même dans l'espoir insensé de dominer le monde par la violence en ne mettant dans la balance de la justice humaine que le glaive.

» Il semble qu'ayant oublié son glorieux passé, l'Allemagne retourne aux autels de ses cruels dieux nationaux pour l'anéantissement desquels Dieu miséricordieux parut sur la terre. Ses armées semblent avoir assumé la tâche honteuse de rappeler à l'humanité que la bête ancestrale est encore vivante en l'homme et que même les peuples qui marchent en tête de la civilisation peuvent facilement, s'ils donnent libre cours à leurs mauvais instincts, ressembler à ces hordes sauvages qui, il y a quinze siècles, écrasèrent sous leurs bottes l'héritage de l'Antiquité. Comme autrefois, dans l'incendie périssent les chefs-d'œuvre de l'art, les temples, les bibliothèques ; des villes entières sont rasées ; les fleuves sont rouges de sang ; les cadavres sont piétinés, et ceux qui poussent des hourras en l'honneur de leur criminel empereur, commettent des atrocités inouïes sur les vieillards et les femmes sans défense, sur les prisonniers et les blessés.

» Que ces crimes soient inscrits en caractères ineffaçables dans le livre de la destinée et qu'ils ne nous inspirent qu'un seul désir passionné : arracher les armes des mains barbares, priver pour toujours l'Allemagne de cette puissance grossière, que, de toutes ses forces, elle s'était proposée d'acquérir.

» Déjà lève la semence de l'orgueil national et de la haine jetée par sa main. La haine et la colère peuvent gagner les autres peuples et alors, aveuglés à leur tour, peut-être renieront-ils tout ce que le génie de l'Allemagne créa de grand et de beau et qui est devenu la propriété de l'humanité entière.

» Faisons effort pour nous souvenir du danger de ces clameurs, car le péché dont l'Allemagne s'est couverte en tirant l'épée et ce crime bestial qu'elle a commis dans l'enivrement de la lutte, sont la conséquence inévitable des ténèbres dans lesquelles, bénévolement, elle est entrée, encouragée même par ses poètes, ses savants et ses chefs politiques.

» Que ses adversaires, qui apportent aux peuples la paix et la liberté, ne soient guidés que par des sentiments sacrés ! »

Ces hautes et nobles paroles, fait observer *l'Opinion*, que l'élite de la nation russe adresse à l'Europe et au monde civilisé, sonnent d'un autre ton que le manifeste de haine signé sans honte par les Intellectuels germains.

Autre protestation d'Intellectuels russes

également signée par un millier de personnalités
de l'Art, de la Littérature et de la Science russes.

(D'après *la Revue Scientifique* du 14 novembre.)

» Nous Russes artistes, littéraires et savants élevés dans un esprit de culte profond pour les grandes œuvres et monuments des arts et des sciences, élevés aussi dans des sentiments humanitaires, nous exprimons notre indignation profonde contre es destructeurs des plus grands et des plus vénérables trésors artistiques et scientifiques du monde.

» **Nous** exprimons aussi notre indignation contre les horreurs indicibles, destructions de villes ouvertes, mutilations de blessés, violences commises sur des habitants sans défense et autres actes inouïs de barbarie ; *nous sommes consternés en apprenant que de telles atrocités ont reçu l'approbation de certains hommes de lettres et savants éminents.*

» Enfin, pleins de mépris pour les méfaits de la barbarie allemande, nous portons ces crimes abominables au jugement de l'humanité toute entière.

»Puisse la conscience du monde civilisé flétrir à jamais ces produits de la soi-disant culture germanique. »

Hommage au peuple belge

par le grand philosophe russe de Merejekowsky.

(D'après la *Rietch* du 12 novembre et *la Guerre Sociale* du 28.)

« Au peuple belge !

» Peuple belge, nous ne te disons pas : « Sois courageux » ; il ne saurait être de plus grand courage que celui que tu as montré ! Mais nous disons : Crois que tes souffrances ne sont pas vaines. Elles ont réveillé la conscience des nations. Désormais, ta terre ensanglantée du sang de tes fils est une terre sainte ; désormais, ta cause est celle de toute l'humanité. Toutes les nations ont juré de sécher tes larmes, de panser tes blessures et de te rendre au centuple ce qui t'a été enlevé. Et l'honneur de ces nations est le gage de leur fidélité à leur serment. Nous ne voulons pas de consolations tant que tu ne seras pas consolé. Nous ne voulons pas de liberté tant que tu ne seras pas libre. Nous ne voulons pas de victoire tant que tu ne seras pas victorieux.

» Quand on couronnera les vainqueurs, tu recevras de l'humanité la première couronne.

» Tous les peuples s'écarteront pour te laisser passer le premier en terre promise.«

[A noter aussi les opinions de deux révolutionnaires russes, exilés de Russie :
Le prince KROPOTKINE, dans sa lettre au prof. suédois Ch. Steffen (*Guerre Sociale* du 24 oct.)
W. BOURTZEFF, dans une lettre au *Times* (*Guerre Sociale* du 23 sept.)]

BELGIQUE

[A noter très particulièrement :
1º Les émouvantes *Déclarations de* M. DE BROQUEVILLE, président du Conseil des Ministres de Belgique, à l'envoyé spécial du *Petit Parisien*, le 7 octobre, à Dunkerque.
2º La *Réplique officielle du gouvernement belge* aux allégations allemandes relativement à une prétendue convention anglo-belge qui aurait été conclue en 1916. (Voir *le Temps* du 24 octobre.)]

ÉTATS-UNIS D'AMÉRIQUE

Réponse du Président Wilson au Kaiser

(Les journaux, 10 octobre.)

« Je prie Dieu que la guerre soit bientôt finie. *Celui qui l'aura déchaînée, en subira les conséquences et la responsabilité retombera sur le coupable.*

»Les nations du monde entier sont unanimes à penser que le règlement devra comporter une paix certaine et durable. Il ne serait pas sage et il serait prématuré pour une nation désintéressée dans le conflit — ce qui serait d'ailleurs inconciliable avec l'état de neutralité — de former et d'exprimer une opinion. Je vous parle si franchement, parce que je sais que vous attendez et que vous désirez que je vous parle d'ami à ami ; je suis convaincu aussi que, réservant mon jugement jusqu'à la fin de la guerre et jusqu'au moment où tous les événements pourront être revus dans leur ensemble, mon attitude doit vous paraître comme l'expression d'une sincère neutralité. »

Opinions de M. Théodore Roosevelt

(D'après le correspondant américain du *Matin*, 8 octobre.)

M. Théodore Roosevelt vient de publier, en Amérique, plusieurs articles sur la guerre actuelle. L'un des plus marquants a paru dans la revue *Outlook* du 23 septembre et est intitulé : *La guerre mondiale, ses tragédies et ses leçons.*

Les articles de M. Roosevelt sont écrits avec le souci de ne pas s'écarter de la neutralité recommandée par le président Wilson et de se borner à faire comprendre aux Américains la leçon qui se dégage pour eux, en dehors de toute considération française ou allemande, des terribles événements dont l'Europe est le théâtre.

Cette leçon est que, dans un temps où il se trouve encore des peuples pour écraser, sans l'ombre d'un prétexte et par simple brutal intérêt, une nation peu nombreuse, honnête, vaillante, laborieuse, digne de tous les respects et garantie par les plus solennels traités, chacun aurait tort de compter, pour sa propre sauvegarde, sur son honnêteté, ses bonnes intentions et ses traités. Les Etats-Unis doivent donc imposer silence à leurs pacifistes et tenir constamment en état leurs forces militaires et navales.

Une nation doit vivre en honnête homme ! Mais si elle se contente de s'armer d'innocence, sa fin est prochaine. Chaque nation doit compter, en dernier ressort, sur sa force si elle veut conserver ce en raison de quoi elle mérite de vivre. Le Luxembourg et la Belgique ont tous deux été la victime du plus fort, mais les Belges ont, en tout cas, sauvé l'honneur. Les sympathies du monde vont à eux, et l'on en pourra voir l'effet à l'heure du règlement final.

Une paix qui ne redresserait pas les torts infligés à la Belgique et n'en préviendrait pas le retour, dit M. Roosevelt, ne serait pas une paix.

M. Roosevelt prévoit qu'un résultat de cette guerre *a la chance d'être le développement de la démocratie en Allemagne et une substitution au moins partielle du gouvernement par le peuple au gouvernement de celui qui estime tenir de Dieu un droit de gouverner le peuple.* Un tel résultat rendra plus difficile le retour de catastrophes comme celles d'aujourd'hui.

Opinion de M. W. Eliot,

président de l'Université de Harward.

(D'après *le Matin.*)

M. Charles W. Eliot, l'éminent président de l'université de Harward, la plus célèbre des États-Unis, vient d'autre part de publier une série de lettres dans la presse américaine, où il expose les impressions que lui causent les grands événements qui se passent en ce moment en Europe. *Les sympathies connues de l'auteur pour l'Allemagne scientifique* sont une garantie de son impartialité.

Dans sa dernière lettre, publiée dans le *New-York Times*, M. Eliot déclare que les Américains n'éprouvent à l'égard de l'Allemagne aucun sentiment d'animosité ou de jalousie. Il se fait un devoir de dire tout ce qu'ils ont cru devoir, au contraire, admirer en elle.

Cependant, déclare-t-il, *le poids tout entier de l'opinion américaine est du côté des alliés dans la présente guerre.*

M. Eliot énumère alors *les causes qui ont amené ce résultat : autocratie et autoritarisme, tyrannie exercée sur le Schleswig-Holstein et sur l'Alsace-Lorraine ; invasion de la Belgique à la suite d'une révoltante violation des traités ; manière de faire la guerre à l'encontre des lois modernes,* avec des cruautés et des destructions sans exemple ; tous procédés à faire haïr et mépriser la nation qui les emploie ; *militarisme qui est sans excuse,* comme la guerre actuelle le prouve, puisque sa seule défense pour tous les maux qu'il causait dès le temps de paix était qu'il servait à maintenir cette paix, alors qu'il n'a fait, au contraire, qu'entretenir les chances de la guerre.

L'issue de la querelle, dit M. Eliot, *est certaine.* Les Allemands peuvent ne pas s'en rendre compte encore, mais elle est infaillible. Que le conflit soit long ou court, il se terminera *par la défaite de l'Allemagne et de l'Autriche-Hongrie.*

Les innombrables publications, continue le président Eliot, par lesquelles les Allemands cherchent à ramener l'opinion américaine ne servent qu'à montrer dans quelle ignorance leurs auteurs ont été tenus de la réalité des choses.

Dans sa conclusion, où l'auteur affirme ne point rêver d'une destruction de la nation allemande, il s'applique à montrer que *ni l'Angleterre ni la France n'ont en rien justifié la haine que leur ont vouée les Allemands,* et il termine par ces mots :

— Ce qu'on appelle la revanche française est la conséquence inévitable du traitement infligé par l'Allemagne à la France en 1870-1871.

Discours de M. Nicolas Murray Butler,
président de l'Université de Columbia.

(Voir cet admirable discours dans la *Paix par le Droit* du 10 novembre.)

Opinions Américaines diverses

(D'après une lettre de M. d'Estournelles de Constant au *Temps*.)

« *Le Temps* a signalé les protestations que soulève aux Etats-Unis la campagne effrénée de la diplomatie allemande. Celles du président Roosevelt sont d'autant plus remarquables qu'elles expriment non seulement son opinion bien connue — car il s'est montré toujours un ami très actif et très dévoué de la France — mais celle de tout le parti impérialiste où l'organisation militaire allemande pouvait trouver des admirateurs persistants. Celles du vénéré président honoraire de l'université Harward, M. Ch. Eliot, répondent au sentiment général, pour ne pas dire unanime, des intellectuels américains. A part de rares exceptions — celle par exemple du docteur Benjamin H. Wheeler, président de l'université de l'Etat de Californie, que son culte pour la manière forte allemande a conduit à s'associer aux campagnes d'excitations systématiques de M. Hearst — les intellectuels américains rendent justice à la France ; ils se sont délibérément rangés du côté des alliés contre l'Allemagne, que pour un grand nombre pourtant ils avaient longtemps et profondément admirée. Beaucoup d'entre eux anciens élèves des universités allemandes, étaient et sont restés reconnaissants de l'enseignement qu'ils ont reçu ; mais c'est là ce qui est significatif : ils ne reconnaissent plus leur Allemagne d'autrefois dans l'Allemagne actuelle ; ils lui reprochent le régime qui l'a corrompue et dénaturée.

« Dans une lettre que j'ai publiée dans *le Temps* en 1911, pendant l'un de mes derniers séjours aux Etats-Unis, sur le déclin déjà très sensible de l'influence allemande, j'avais noté la tristesse d'un helléniste bien connu de l'université de Baltimore, qui ne pardonnait pas au militarisme prussien de lui avoir gâté l'Allemagne de Mme de Staël ; aujourd'hui je relève l'appréciation que voici du docteur N. Murray Butler, président de la grande université Columbia de New-York. Le président Butler semblait tenu plus qu'un autre à la neutralité, non seulement parce qu'il a fait, lui aussi, ses études en Allemagne, mais parce que le nombre des Allemands à New-York étant énorme, beaucoup d'entre eux envoient leurs enfants, garçons et filles, suivre les cours de son université où ils ont fondé une « maison allemande » à côté de la « maison française » dont l'élite de nos professeurs connaît bien le chaleureux accueil!

Impressions de M. le professeur Henri Lichtenberger,
délégué par la Sorbonne aux États-Unis.

(D'après son frère, M. André Lichtenberger, dans *la Guerre Sociale* du 25 oct.)

« L'impression qui domine de façon éclatante toutes les autres, c'est le fait patent et manifeste que l'opinion est ici, dans sa presque unanimité, favorable aux alliés et hostile aux Allemands. J'en ai la preuve, non seulement dans la cordialité avec laquelle je suis partout accueilli, mais aussi, négativement en quelque sorte, dans l'état de détresse où sont les Allemands fixés ici. Ils ne cachent pas leur tristesse, avouent presque qu'ils n'espèrent pas la victoire de l'Allemagne, mais seulement une *sortie* honorable de l'impasse où elle s'est fourvoyée...

« Chose curieuse : les apologies que les Allemands ont tentées de leur conduite n'ont fait aucune impression sur les Américains, bien au contraire. Ceux-ci ont été bombardés par toutes leurs connaissances allemandes, et comme sur un mot d'ordre, de lettres interminables et disant toutes la même chose. Ils en parlent avec ironie et amusement.

« Leur point de vue est extrêmement simple. Ils apprécient les faits sans grande sentimentalité. Les atrocités allemandes les impressionnent relativement peu. Leurs actes de vandalisme leur paraissent avant tout des maladresses et des symptômes de déséquilibre. Mais ils ont très froidement pesé les responsabilités de la guerre et ils ont trouvé — fort objectivement, ma foi — qu'elles sont toutes du côté des Allemands. Ils estiment que leur théorie de l'encerclement ne tient pas debout. Et ils condamnent cette oligarchie arrogante, avide de puissance et menaçante pour ses voisins, sans l'ombre d'une hésitation. »

SUISSE

[Citons, pour la *Suisse française* :

Les Réponses à l'« Appel » et les Opinions diverses des intellectuels suisses
suivants :

Edouard Chapuisat, membre du Grand Conseil de Genève, dans *le Temps.*
Paul Seippel, homme de lettres, dans le *Journal de Genève* du 9 octobre.
Albert Maesch, professeur, dans une lettre au Chancelier de l'Université de
Leipzig.
Edouard Claparède, professeur de psychologie à l'Université de Genève, dans
un article du *Journal de Genève* intitulé : « Un Problème de psychologie ».
C. Chenevière, dans un article de la *Tribune de Genève* sur « les Alliés ».
Ph. Godet : « Contre la neutralité morale. » (*Journal de Genève* du 8 septembre.)
Le pasteur Thomas : Discours de protestation contre le « Dieu allemand ».

L'Adresse de sympathie des catholiques de Genève au peuple belge. (Voir *le*
Matin du 22 octobre.)

Et enfin la lettre si caractéristique que l'on va lire :]

Lettre de M. Vuille, ancien bâtonnier,

à un confrère parisien.

(D'après *la Liberté* du 1er novembre.)

« Vous savez quelle sincère affection j'ai pour ce noble pays de France. J'ai souffert,
depuis le début de la guerre, comme si j'étais Français, et je suis avec la même
anxiété que vous le cours des événements, qui, j'en ai la conviction profonde, ne
peuvent se terminer que favorablement pour vous et vos braves alliés.

»C'est une joie pour nous, de constater que la Suisse romande est unanime dans
ses sympathies pour la France, et frémit à la lecture des crimes contre l'art et
l'humanité, des horreurs sans nom commises par ces dignes fils des Vandales. Il
faut absolument que l'on recueille de tous côtés les témoignages sur les faits déjà
connus, que l'on fasse une enquête écrasante pour clouer au pilori, après la fin de
la guerre, cette horde de sinistres bandits...

» *Oui, nous sommes avec vous, nous autres Suisses romands, nous autres latins,*
de tout notre cœur vibrant pour la patrie d'élection, de toute notre indignation la plus
méprisante pour les abominations préconçues et voulues d'un militarisme qui a mis
l'Allemagne au ban de la civilisation et de l'humanité...

» Dites bien aux amis de France qui nous ont fait l'honneur de solliciter notre
modeste concours, que nous donnerions de notre sang pour pouvoir, sinon leur
rendre, hélas, leurs fils, au moins leur en fournir des nouvelles. Qu'ils prennent
courage et ne cessent d'espérer. Nous avons eu déjà plus d'une fois le bonheur de
réussir...

» A propos de l'une des recherches que vous aviez demandée au bureau de la
Croix-Rouge, la lettre que j'avais envoyée à un député du Reichstag m'est revenue
parce qu'elle était fermée et écrite en français. *On l'avait donc ouverte.* Malgré ma
répugnance à mâcher cette paille nauséabonde, je l'ai traduite dans le jargon
littéraire de l'ultimatum à la Serbie.

» Vous jugerez peut-être indigne d'un bâtonnier cette véhémence un peu fami-
lière. Que voulez-vous : combatif je suis né, combatif je mourrai ; et si j'ai les nerfs
à vif depuis trois mois c'est bien pour vous, *ô mes amis de France!* »

[Et pour la *Suisse allemande* elle-même :

Déclaration de M. Vetter, professeur à Berne, qui, quoique d'éducation germaine, reproche aux Allemands leur politique dominatrice et leur « folie » de grandeur ! (Voir *le Temps* du 12 octobre.)

Adresse de félicitations des étudiants de Zurich à leurs camarades de
Genève, à l'occasion de la suspension des cours du professeur germanophile Hugo de
Claparède. (Voir *le Journal* du 28 octobre.)]

ITALIE

Réponse des Socialistes italiens au Socialiste allemand Sudekum et à sa démarche en faveur de la neutralité italienne. (*L'Information* du 3 septembre.)

Réponse de L. M. Rossi, Professeur de droit international à Gênes à ses collègues de l'Université de Leipzig. (*La Guerre Sociale* du 28 septembre.)

Opinion des Intellectuels d'Italie.

(D'après le journal *la Tribuna*, cité par le correspondant du *Temps* à Rome, le 7 octobre.)

Le manifeste des intellectuels allemands est accueilli en Italie avec la déférence due au renom des signataires. On rend hommage à leur patriotisme et à leur esprit de solidarité nationale, mais on estime que *leurs arguments ne tiennent pas debout !*... M. Rastignac, dans la *Tribuna*, démontre une fois de plus que l'agression allemande contre la Triple-Entente ne peut plus même être objet de discussion entre esprits impartiaux, *tant la chose est désormais évidente.*

Après avoir rappelé et analysé les principaux passages du *Livre Blanc*, M. Rastignac conclut : « Les illustres signataires de la protestation peuvent-ils affirmer sérieusement, après de tels documents, à la face du monde, que l'Allemagne ne voulut pas la guerre? »

Dans un autre article, la *Tribuna* montre qu'en dehors même des documents diplomatiques prouvant que *l'Allemagne a provoqué la guerre au dernier moment,* la provocation ressort plus évidente encore de cette longue, patiente et obstinée préparation guerrière à laquelle le gouvernement allemand avait consacré ses forces pendant plusieurs années, ne manquant aucune occasion de susciter des querelles avec la France.

Réponse du journal « Il Secolo » à une lettre de Hermann Sudermann. (*La Guerre Sociale* du 21 octobre.)

Impressions d'Italie de M. Charles Richet. (*Le Temps* du 27 novembre.)

Déclarations décisives de M. Ernest Nathan, ancien Maire de Rome. (*Paris-Midi* du 25 novembre.)

ESPAGNE

Opinion d'un grand journal espagnol sur les « Erreurs de l'Allemagne. » (*L'Information* du 3 septembre.)

Avis d'un étudiant espagnol, rentré d'Allemagne. (*Le Matin* du 19 octobre.)

PORTUGAL

Adresse des Intellectuels portugais aux Universités des « Nations civilisées. » (*L'Humanité* du 12 novembre.)

« Chers confrères,

» Dans le manifeste par lequel les corporations scientifiques, artistiques, industrielles et commerciales portugaises protestaient contre le vandalisme teutonique, nous affirmions que la cause de ces crimes était due à une folie collective, fruit de l'atavisme et du milieu éducatif.

» Depuis, les intellectuels allemands, sous une forme audacieuse et grossière, ont prétendu justifier ces actes dans un déplorable document. Malheureusement, ce document, répandu à profusion, a manqué absolument son but, car il témoigne, de la part de ses auteurs, de la plus grande misère morale.

» Un savant et un artiste méritent seulement ces noms quand la probité et l'amour de la justice rehaussent leur génie ; la science et l'art, en effet, ne sont grands que si l'honneur et le bonheur social les inspirent.

» Quand le prestige d'un nom sert à cacher un crime, ce prestige disparaît. Ce nom qui, pour nous, traduisait un labeur bienfaisant — et qui devait pour cela même rester immaculé — perd toute sa grandeur quand il se met ainsi à la solde de projets ignobles et inhumains !

» A partir de ce moment, les distinctions, les costumes académiques, les auréoles de gloire, tout s'effondre : le cinquant des foires, les hardes des saltimbanques les remplacent.

» Ces figures ne sont plus pour nous les apôtres de la vérité et du sentiment. Elles se sont laissées corrompre par la pire des lèpres ; celle qui sert consciemment le mensonge et l'iniquité, étroitement unis dans le culte imbécile et féroce de la pandémie militariste.

» Il ne reste plus aux académies et universités du monde entier qu'une seule chose à faire : éviter tout contact avec les corporations scientifiques et artistiques allemandes dont l'esprit scientifique et nuisible se dégage si nettement du document cité.

» Tel est le vœu que l'Académie des Sciences de Portugal, confiante dans votre amour de la civilisation et de l'hygiène morale, formule et qu'elle a l'honneur de vous transmettre. »

Lisbonne, le 23 octobre 1914.

Le 1er président : Théophile Braga ;
le 2e président : Alfredo Schiappa Monteiro.
Le 1er secrétaire perpétuel : Antonio Cabreira ;
le 2e secrétaire : Lévy Bensabat.

Lettre du Président de la Chambre municipale de Lisbonne au Président du Conseil Municipal de Paris pour lui annoncer la création d'une « Rue du général Joffre » à Lisbonne (Le Matin du 18 novembre.)

HOLLANDE

La neutralité de la Hollande favorable aux alliés.
(Article du *Temps*, 24 octobre.)

Réponse du Professeur hollandais C.-L. Dake
au Manifeste des Intellectuels allemands. (Le Matin du 26 octobre.)

«... Les représentants de la culture allemande d'aujourd'hui qui veulent nous faire croire que l'Allemagne n'aurait pu éviter la guerre, qui veulent nous imposer l'opinion que l'action des soldats assassinant, pillant et incendiant, qu'ils regrettent, était inévitable, qui prétendent que la violation de la neutralité belge, garantie verbalement et par écrit, ne put être évitée et qu'il n'est pas vrai que la vie ou la propriété d'aucun sujet belge ait été atteinte sauf dans des cas de légitime défense, qui nient la violence brutale à Louvain (ils ne parlent pas de la destruction de la cathédrale de Reims), qui nient la cruauté « sans discipline » (Zuchtlose Grausamkeit) de la manière de faire la guerre des troupes allemandes et qui regardent le militarisme comme le défenseur de leur culture, *sont trompés et se trompent eux-mêmes*, parce que la terreur et la crainte de l'avenir les ont égarés.

» Oh ! nous l'accordons « la cruauté sans discipline » sera peut-être plus rare dans l'armée allemande, plus rigoureusement disciplinée que dans d'autres armées, mais c'est justement la cruauté disciplinée, qui fait trembler le ciel. C'est justement cette cruauté disciplinée qui met les bombes de naphte dans les mains des soldats allemands et qui fait jeter ces bombes, semeuses de mort et de dévastation sur la population paisible des villes... »

Réponse d'une féministe hollandaise à un « appel » des femmes hollandaises.

(Le Petit Parisien du 12 novembre.)

[La place nous manque pour mentionner à leur tour les opinions de l'Espagne, du Danemark, de la Norvège, de la Suède elle-même, de la Bulgarie, de la Roumanie, de la Turquie indépendante de son gouvernement actuel, de l'Amérique latine, du Canada, de l'Abyssinie, du Thibet (!) du Japon... Mais les documents que nous avons réunis nous paraissent suffisants pour démontrer aux Allemands l'unanimité à peu près absolue de ces « nations civilisées » auxquelles elle a fait appel.

La guerre mondiale actuelle n'est pas à proprement parler une guerre entre deux nations, pas plus qu'elle n'est une guerre de races ou de religions, car races et religions se trouvent étrangement confondues entre les deux camps des armées belligérantes. Elle est plutôt une guerre entre deux *morales*, la morale de la force oppressive contre celle du droit et de la liberté.

Voilà pourquoi il y a lieu d'espérer, jusqu'à preuve du contraire, que les esprits libres et moraux de la nation allemande, s'il en est encore, sauront, lorsque mieux informés, répudier eux-mêmes la politique criminelle et insensée de leurs gouvernants, et aider ainsi à la pacification finale.

Donnons pour terminer, deux opinions empruntées à des hommes politiques de tendances assez opposées, qui semblent donner quelque appui à cet espoir :]

DEUX OPINIONS
SUR L'HYPOTHÈSE DE L' «IGNORANCE» ALLEMANDE

Opinion de M. Compère-Morel
qui pourrait s'appliquer à d'autres Allemands
qu'à ceux du parti socialiste.

(D'après *l'Humanité* du 1ᵉʳ octobre.)

« Je ne sais si les socialistes allemands connaissent les ordres du jour comme ceux de ce général recommandant à ses troupes de finir les blessés français sur les champs de bataille afin de ne laisser aucun être vivant appartenant à notre race derrière eux. *J'en doute; je me refuse à le croire et ne puis me résoudre à l'accepter.*

» Car enfin, les manifestations de la Social Démocratie en faveur de la paix sont d'hier.

» C'est par centaines de mille qu'ils se pressaient dans des meetings en plein air pour protester contre le militarisme allemand !

» C'est par millions qu'ils distribuaient dest racts et des brochures pour dénoncer les dangers de la guerre et ses tristes et épouvautables répercussions !

» Et aujourd'hui c'en serait fini !

» Ils accepteraient les incendies de Louvain, excuseraient les assassinats de Senlis approuveraient les proclamations du général Stengler et se tairaient devant le bombardement de Reims? Non, non mille, fois non ! ILS NE SAVENT PAS, ILS IGNORENT TOUT ; ON LES TROMPE, ON LES LEURRE, C'EST CERTAIN. *Il ne peut en être autrement !* »

Opinion de M. Maurice Barrès
qui justifie amplement ceux qui voudraient distinguer encore
entre le peuple allemand et ses dirigeants corrupteurs.

(*L'Echo de Paris* du 28 novembre.)

« Le jour que l'on peut dès maintenant prévoir, sans en fixer la date, où les Russes apparaîtront à Breslau, et seront une menace immédiate, les résultats obtenus ne devront pas se mesurer seulement du point de vue militaire, mais encore du point de vue moral et politique. SOUDAIN L'ALLEMAGNE SE TRANSFORMERA ; ses peuples divers se tourneront vers la Prusse, dont pour l'instant ils ne mettent pas en doute « l'invincible supériorité », et, sous le choc d'une effroyable désillusion, VOUS VERREZ RÉAPPARAITRE LES ANCIENNES ALLEMAGNES.

» *J'ai eu l'occasion de causer avec diverses personnes qui reviennent de Berlin, Là-bas, à cette heure encore, nul n'est renseigné,* nul ne met en doute l'écrasement de la France. Je dis : Tant mieux. *Quand les Allemands seront renseignés, ils se tourneront avec quel effroi, quelle colère, contre Celui qui possédait leur confiance absolue* ET QUI LES A TROMPÉS ! »

PARIS. — IMP. L. POCHY, 52, RUE DU CHATEAU

www.ingramcontent.com/pod-product-compliance
Lightning Source LLC
Chambersburg PA
CBHW061700180626
46818CB00003B/1187